無から無への遍歴

真喜志興亜

文藝春秋企画出版部

無から無への遍歴　もくじ

装丁　山内宏一郎
写真　渞 忠之
（大竹亮峯作「月光」木彫刻）

無から無への遍歴

突然に

アメリカで四十有余年を暮らしてきた伊波《いは》夫妻は、余生を日本で送ろうと思っていた。夫の朝堅《ちょうけん》は沖縄出身で、沖縄にいる弟妹は夫妻が沖縄に帰ってくるのを望んでいた。しかし、妻の則子《のりこ》は湿気に弱い体質のため、出身の大阪近辺に住むことを希望した。

伊波夫妻が休暇で帰国した時、則子の甥《おい》や姪《めい》は大阪や京都の新築マンションへ下見に連れていった。しかし、夫妻にはこれといって飛びつきたくなる物件が見つからなかった。

二人には大阪で滞在する際、愛用するホテルがあった。大学時代の友人と東京で夕食会があった時、大阪のホテルを出て、途中熱海に立ち寄った。ワシントンの友人から、熱海には安くて良い物件があると勧められていて、その友人の顔を立てる意味合いがあった。

友人から紹介された不動産店に行き、そこの支店長がマンションの下見に案内してくれることになった。

「どういう物件がお目当てですか」

そう聞かれた朝堅は、

「トイレが二つあるのがいいです」

と答えた。アメリカの自宅にはトイレが複数あったからだ。大阪や京都での下見では、そんな物件はなかった。

「あります」

即答した支店長の運転で、車はその物件に向かっていった。着いてみると、レンガ造りのマンションで、中程度の大きさだった。入り口に向かって、〝く〟の字の階段があった。

目当ての部屋は二階にあった。エレベーターを出てみると、向かいの部屋の玄関との間に広々としたフロアがあった。中に入ると、入り口の土間が広く、靴箱がどっしりと構えていた。

部屋を見て回ったが、全体的にゆったりとした雰囲気があった。大阪や京都で見たマンションにはせせこましい感じがあったが、ここにはそれがなくて、居間をはじめ各部屋は広々としていた。

居間からの眺めも良かったが、寝室からはもっとすばらしかった。眼下には熱海の海が見える。近くに初島という小島が、遠くには伊豆の大島が見える。水平線上には、東に向かう船が小さく見える。

所望していたトイレは二つあったが、バスルームも二つあった。客用のものは明るい色調で、入居者用は壁材に檜《ひのき》が使われていた。

朝堅はこの部屋をひと目見て気に入った。妻則子も頷いた。さっそく購入ということになり、交渉に入った。そのため、すぐにアメリカに引き返し、今度は長年住んでいる家を売ることになった。

不動産業者を決め、前庭にセールの看板を立ててもらった。そして、家の中の片付けに取りかかった。そうこうするうちに、少しずつ家を見に来る人が現れた。

アメリカでは、オープンハウスというものがある。その日は、不動産業者が一人陣取り、家主は家を空けておく。大売り出しなので、大勢の人が見に来る。

次の日は伊波夫妻の家がそのオープンハウスということになり、二人は朝から念入りに家の片付けをした。夕食が済み、則子は食器の後片付けを始めた。朝堅は自分が洗おうかと申し出たが、則子は自分がやると言った。そういう時の則子は元気なので、朝堅は言うとおりにさせていた。

朝堅は夜も家の片付けをしようと、地下に降りていき、ソファーで横になった。十分くらい経って、階段の辺りで大きな音がした。

驚いて行ってみると、踊り場のところで則子が仰向けに倒れていた。その口からは、これまで聞いたことがない機械的な音が発せられていた。頭の下に手を入れてみると、べっとり血が付いた。

慌てて救急車を呼び、サバーバン病院に向かった。則子は治療室に向かい、朝堅は別室で待たされた。

長い間待っていたが、何の音沙汰もない。

だいぶ待たされてからようやく医師が来て、則子の死を告げた。

頭を壁にぶつけ、出血多量で亡くなったが、普通はそうはならないと言う。詳しい説明を求めると、おそらく以前から脳の血流に異常があり、そこに強い打撃が加わって、出血多量を招いたのだろうとのことだった。

則子が亡くなったという現実について、朝堅は受け入れざるを得なかった。どうしたら命が助かるかという前向きな努力にならいくらでも力を注げるが、終止符が打たれてしまってはどうすることもできなかった。

ついさっきまで元気でいて、夕食を共にし、談笑していた妻が、あっけなくあの世に逝《い》ったのである。死の遠因を医師から聞かされ、それを知らなかった愚かさは悔やんでも悔やみきれなかった。

医師の案内で、遺体が横たわる部屋に入った。則子の顔には血の気がなかった。蒼白となった表情には疲労感が漂っていた。蘇生のためのあらゆる手段を受けたのであろう。

朝堅は妻の額に手を置き、そっと頬を撫《な》でた。お腹の上に置かれた則子の両手を握ったが、わずかに温もりが残り、冷たくはなかった。

「お気の毒さまでした。お悔やみ申し上げます」

手当てをした看護師の一人が、慰《なぐさ》めの言葉をかけてきた。病室内は、お悔やみのひと言でも言わなければどうにもならないほど重苦しく、無力感が漲《みなぎ》っていた。

「タクシーを呼びましょうか」

則子の手を握りしめている朝堅に、看護師が再び声をかけた。則子の側から立ち去りにくいが、いつまでもそうしてはいられない。その言葉に応じ、朝堅はタクシーに乗り、病院を去った。

帰宅した朝堅は、これまで味わったことのない異空間に身を置いた。いつもは鍵を開けて家の中に入ると、外での緊張感がほぐれ、ホッとするのだが、その安らぎの場がなくなっていた。空間そのものがとてつもない大きな叫びをあげているように感じられた。家庭の主は死者となり、病院のベッドに横たわっている。もう永久に家に帰れないのだ。死者の苦しみを家中の物々が察知し、大きな呻《うめ》き声をあげて空間に響き渡っているのを感じた。

咆哮する空間に身を置いた朝堅は、身体中が火照《ほて》って汗が流れ、頭が破裂しそうであった。何をどうしていいか分からない。暗中模索の中で頭に浮かんだのは、気心の知れた友人の宮国に電話をかけることだった。

宮国は取り乱している朝堅を慰め、翌朝会いに来てくれることになった。朝堅は電話を切ると少し冷静になり、不動産業者に連絡を取って則子の死を告げ、明日のオープンハウスの中止を依頼した。

朝堅はベッドに入ったが、頭が冴えて眠れなかった。今頃則子の遺体がどうなっているかが気になったが、それよりもどうしてあんな結果になってしまったかを振り返り、苦しんだ。

脳の血流に異常があるのを知っていたら、その治療を受けさせていただろうし、あのようなことにはならなかったはずである。なのに、どうして前もって知ることができなかったのか。

則子はアメリカで暮らした四十有余年、身体が丈夫だったので一度も病院に行っていない。もちろん風邪などは引くが、大きな病気をして病院の世話になることはなかった。その点、朝堅はヘルニアになり、手術を受けたことがあった。手術の前には、身体の精密検査を受けていた。

則子は一度も病院にかからないことをとても誇りにしていた。それでも、老年になって身体の衰えには気づいていて、日本に帰ったら優秀な日本の医療体制の下でしっかり診《み》てもらうことを楽しみにしていた。

あらゆることで優等生である妻の則子に対し、夫の朝堅は妻のプライドを尊重し、陰から支えようと思っていた。しかし、結局その考えがいけなかった。小さな病でも、ひょっとしたらということもある。少しでも異変があったら、必ず病院で診てもらおうという姿勢が大切だったのだ。

則子の死は、身から出た錆《さび》ではない。夫としての監督責任がなっていなかった。その点、朝堅の弟の守《まもる》は、家長として一家の主としての責任を立派に果たしている。

守には足が不自由な娘江利《えり》がいて、しかも妻も心臓が悪い。特に、江利はことあるごとに身体の不調を訴えるが、弟は面倒がらずにその都度病院へ行き、医師の診断を仰いでいるという。

弟の妻君の直子には姉と妹がいて、二人とも身体は直子よりも丈夫だったというが、すでに二人とも他界し、いちばん身体の弱かった彼女だけが命を長らえている。これは、守が何かにつけて直子を病院に連れていき、医者に診せていたからである。

こういう弟の一家の長としての心得が、朝堅にはなかったと思い至った。長年のアメリカ生活で病院に行っていないという妻の誇りに振り回されないで、ことあるごとに病院に連れていくべきだったのだ。

妻を弔う

いくら悔やんでも、取り返しのつかないことは、もうどうにもならない。

「今、自分がやるべきは、妻の供養に力を尽くすことだ。ありがたいことに、宮国が力を貸してくれる」

朝堅は自分に言い聞かせた。

次の日は日曜日だったが、宮国は午前中に来て、すぐに葬儀のことなど今後の相談に乗ってくれた。打ち合わせが終わると、二人は葬儀社へ向かった。

葬儀の手順を聞いたあと、祭壇の飾り付けや費用などについて話し合った。

則子の亡骸《なきがら》はもうこちらに来ているというので、安置してある部屋に入った。顔には薄化粧が施され、奇麗な顔に変わっていた。まるで生きているようで、語りかけたらすぐに応えてくれそうだった。

朝堅は小声でそっと名を呼んでみた。則子からの声なき声を、目を閉じて必死に聞こうとした。

「寒くないかい」

冷房が効いた霊安室に、則子は薄着で横たわっている。繰り返し声をかけていると、生きている人間に呼びかけているように感じられ、朝堅はずっとそうしていたい気がした。

しかし、部屋の外で宮国や葬儀業者が待っていることに気づき、後ろ髪を引かれる思いでそこを出た。

朝堅は葬儀社のマネージャーに、則子を柩《ひつぎ》に入れる時、どんな衣裳にすればいいかと尋ねると、

「生前、お気に入りだった服と靴を持ってきてください。それとは別に、柩の中に入れてほしい物があったら、それもご持参ください」

と依頼された。

則子には、どの衣裳で旅立たせてあげようか——。

朝堅の脳裏に二つのドレスが浮かんだ。一つはシャネル。もう一つは則子お手製のパーティードレス。どちらも、お気に入りのピンク色のドレスである。則子はピンクが好きであった。

朝堅は熟考し、則子が自ら縫ったパーティードレスを選んだ。朝堅の勤めていた銀行では、毎年クリスマスパーティーがあり、則子は毎年そのパーティーに合わせ、ピンク色のドレスを

作った。朝堅は則子が作った沢山のパーティードレスの中から、初めて作ったドレスに決めた。

初めて出席した銀行のクリスマスパーティーで則子はそのドレスを着たが、同僚の奥様方から褒《ほ》められた。自分で作ったと言うと、誰もが驚いた。

則子はピンク色のドレスの由来について、こう説明した。

「江戸時代の有名な学者、本居宣長の和歌に、

〝敷島の大和心を人問はば朝日に匂ふ山桜花〟

というのがあります。日本の心はどういうものかと人に聞かれたら、朝日に匂っている山桜と答えます、という意味の歌です。私は大和撫子《やまとなでしこ》だから、その和歌に因《ちな》んで桜色のドレスにしました」

則子は奥様方から絶賛の拍手をもらった。朝堅はそのことを思い出し、そのドレスで則子を旅立たせようと思った。

お通夜には、次から次へと人々が訪れた。朝堅と則子の結婚生活を回想した映像と共に、死者を悼《いた》む音楽が流れ、人々は柩のそばに集まって、最後の別れを告げた。

お気に入りのピンクのパーティードレスに身を包んだ則子の顔は、気品に溢れていた。花に囲まれた柩の足元には、シャネルの服も添えられた。若々しく旅立つ則子の装いに、人々は悲しみと共に、いま一度則子の持つ晴れやかな美しさに見入った。

葬式は、バージニアにある日本の寺から僧侶を呼んで執り行なわれた。花が大好きだった則子のために、友人や知人から沢山の花が届けられ、部屋いっぱいに飾られた。則子の若くて美しかった頃の遺影が弔問客を見つめる中、厳《おごそ》かに読経の声が響いた。

朝堅は則子が亡くなったことを、沖縄にいる弟妹に知らせた。弟妹は葬儀に出席するため、ワシントンに行くと言ったが、朝堅は断った。ノーフォークにいる妹の恵子《けいこ》は、朝堅から則子が亡くなったことを聞くと、夫と共にすぐさま駆けつけてくれた。二人は朝堅の家に泊まり、葬儀の手伝いをしてくれた。

恵子は葬儀の様子をスマートフォンで写真に撮り、沖縄にいる弟妹に送った。弟妹は沖縄にいながら葬儀の模様が具《つぶさ》に分かり、感謝した。朝堅と恵子は同時期にアメリカに渡っており、以後親交を重ねていた。

葬儀の時、正面に置かれた二枚の大きな則子の写真は、恵子が寄贈してくれたものである。微笑みを浮かべているように見える二枚の写真は、参列者にやさしい視線を送り、僧侶の話に聞き入っているようにも見えた。

葬儀は無事に終わった。しかし、朝堅には心の安らぎはなかった。朝堅は喪主として、夫として、遅滞なく葬儀を執り行なおうという思いが強く、気が張り通しだった。すべてが滞りなく済んで、一人きりになると放心状態に陥った。

朝起きても、挨拶《あいさつ》の言葉を交わす人がいないのだった。食卓に着いても、いつもならパンを焼く匂いやコーヒーの香りで満たされるキッチンは、冷え切ったままだ。ああ、則子はもうこの世にはいないと思うと、ひしひしと寂寥感に包まれ、虚しさを感じた。

健康に留意して、もう少し身体のケアに気をつけていたら、こんなことにはならなかった。アメリカに来て四十年以上病院に行っていないことを、誇りにするのはいいが、ずっとそのままではいけない。命取りになる病を抱えていたのに、それを知らずにいたなんて、愚の骨頂ではないか。なんて馬鹿げたことをしてしまったのだろうと朝堅は悔やんだ。

則子が亡くなる一週間前、病院へ連れていくチャンスがあったのだ。則子が地下への階段を二段飛ばしに下りようとした時、足を踏み外して転げ落ちたことがあった。

朝堅は則子を背負って二階まで上がり、寝室のベッドに寝かせたのだった。

弟の守だったら次の日、もしくはその日のうちに妻を病院へ連れていったに違いない。だが、朝堅はそうしないで、妻の様子を見た。具合が悪くなったら連れていこうと思っていた。

怪我《けが》をした則子はベッドに静かに身を横たえ、回復を待った。すると、二日ほど経って、

「気分が良くなったから歩けそう」と朝堅に言った。ベッドから起き上がり、少し足を引きずるが、ふらふらしながらも歩けたのである。

「よかったわ、歩けて」

則子は言った。朝堅もよかったと喜んだ。二人の「よかった」という喜びがいけなかったのだ。「今回ばかりは病院に行かなくちゃいけないかも」と則子は恐れていたが、ほんの少しだが回復して歩けたことに喜び、朝堅もよかったという気持ちになった。

この単純な喜びが、最大の不幸を招いた。則子の脳の血流に欠陥があるという、知っておくべき事実を知る機会から遠のいてしまった。見た目だけでは身体の内部の状態は分からない。病院での精密検査によって明るみに出る。

弟の守は、足が不自由な娘を抱え、妻も心臓が弱い。そんな病弱な身内二人の世話をしっかり見ている。よく頑張っていると朝堅は日頃から感心してはいたが、その立派さは妻を失って改めて心にずっしりと刻まれた。

妻の死は単なる事故死ではなく、夫としての深い配慮のなさに原因があったと考えると、悔やんでも悔やみきれず、朝堅は胸が張り裂けるようだった。

しかし、悲痛に沈んでばかりはいられない。朝堅は家の片付けをして、家の買い手を見つけなければいけなかった。

家の片付けも、妻が生きていたら張りがあっただろう。日本に持っていこうか、捨てようかと迷うものは、話し合って決めていた。決めかねている時、どれだけ愛着を持っているかについて口論もあった。

口論は作業の妨《さまた》げにもなったが、これまで生きてきた思い出の語り合いにもなり、なつかしさがこみあげてくるひと時でもあった。

妻が亡くなってから連日、朝堅は味気なく家の片付けをしていたが、そこから抜け出して車のハンドルを握り、スーパーへ買い出しに行くこともあった。そこは、則子はもうこの世にいないと知りつつも、彼女の面影が漂う場所なのだった。

ワシントンには、大手チェーンのスーパーマーケットと、その次に大きいチェーンスーパーがあった。則子のお気に入りは、二番目に大きいチェーン系列の一支店であった。そこは、レジ係も売り場の店員もほとんどが黒人であった。

則子は退職して家に引き籠《こも》っても、外出する時は常にオシャレに気を配っていた。則子が店に入り、物色をしていると、「あら、素敵な服ね」とか「とってもよく似合っているわ」などと言って、店員がこぞって声をかけてきた。

スーパーマーケットを訪れる客の服装は普段着が多く、則子のようにオシャレをして来る人は少ない。だから目立つのである。

一方、最大のチェーンの店のほうは、則子がオシャレをして行っても、店員はあまり声をかけてくれなかった。黒人の店員もいるが、白人がかなり多く、最大手であるという誇りもあるのか、店の空気もどことなく気取った印象だった。

その点、二番目の店には気さくな雰囲気があった。そういうのんびりした空気の中で、店員は客の服装を見て、気軽に口を利くのである。

「黒人は服のセンスが良いわね」

則子に言わせると、自分のオシャレのセンスを黒人の店員はしっかり見ていて、きちんと評価してくれているという。自画自賛である。

いつもは夫婦二人で買い物に行ったが、則子が死去してからは、朝堅一人で出かけるようになった。則子の服をよく褒めてくれていた女性店員が、

「奥さんはどうしたの、お元気?」

「少し体調を崩してね。それで、家で休んでいるんだ」

朝堅は本当のことを言わずに答えた。

「早く元気になって、かっこいい服を見せてほしいわ。奥さんによろしくね」

朝堅は、則子が死んだことを店員たちに言えなかった。気が良い人ばかりなので、悲しみを与えたくなかった。

死んだことを告げて、悲しみを共有するのが則子のためにいいのではないかとも思ったが、言わないほうがいいと判断した。いつかまた元気になって店に来ると思ってもらったほうが、店員には希望を与えるし、死んだ則子のためにもいいと思った。

則子が亡くなってから、朝堅は寂しさに付きまとわれていたが、鮮烈な思い出にぶつかると、懐《なつ》かしさに没入し、我を忘れる時があった。

則子が好きなそのスーパーでは、ありし日の則子を偲《しの》び、カートを止めて立ち尽くすこともあった。フライドポテトが大好きだった則子は、一人でそのコーナーへ行き、

「二杯分ちょうだい」

と注文した。紙袋に多く入れてもらった時は、少し離れたところにいる朝堅のもとまで嬉しそうな顔で寄ってきて、

「少し多めにサービスしてもらったわ」

と得意気に言った。朝堅もつられて嬉しくなり、

「それはよかったね」

と答えるが、ほんのわずかなおまけに気を良くした二人は、買い物に弾みがつくのであった。

そういう懐かしい思い出が頭を過《よぎ》ると、朝堅は目を閉じ、そのシーンを宝石箱に輝くダイヤモンドを大事にしまうように慈《いつく》しんだ。

暗澹《あんたん》たる思いの中で、朝堅は家の片付けをしていった。前庭にセールの看板を出しており、不動産店の担当者はちょくちょく下見希望者を連れてきた。そのうちに買い手が見つかり、売買契約を結んだ。

帰国

家を引き渡し、帰国の飛行機に乗った。四十六年ぶりに、祖国に向けてアメリカを引き揚げる。渡米の時は、則子も一緒だった。それが単身での帰国になってしまった。則子の遺骨は、風呂敷に包んで同乗させている。隣は空席なので、そこに置いた。昼食が済んでしばらく経ってから、機内は薄暗くなった。

朝堅は遺骨に手を置き、ゆっくり摩《さす》った。目を閉じ、しばらくすると、ありし日の則子の面影が浮かんだ。

則子の死者に対する語りかけである。三十年ほど前、則子は亡くなった父母、そして若くして他界した弟純一を供養するため、日本から仏壇を取り寄せた。

毎朝茶湯《ちゃとう》を供え、線香を立て、撞木《しゅもく》で鉦《かね》を叩き、

「これから行ってきます。お守りください」

と短い挨拶を口にしてから、仕事に向かった。

退職してからは、仏壇の前に置いてある座布団にゆったり座り、大きな声で死者に話しかけた。何か願いごとがあると、声に出した。

そこには、心からの語りかけがあった。語りかけとは、この世とあの世の中間に立ち、あの世の人に言葉を発する行為だ。それは霊界を作り出すが、そばで聞いている者も、その中に招じ入れられる。

則子の朝の語りかけを廊下で聞き、立ち止まって耳を澄ますと、線香の煙の流れの中で、朝堅も次第に霊界に誘われていくのを感じた。仏壇に向かって死者に語りかけている後ろ姿の則子に、朝堅は神々しさを感じた。

則子の遺骨を摩りながら、次に朝堅の目に浮かんだのは、鉢植えの月下美人である。朝堅と則子が長年住んだアメリカの家には、大きな樫の木があり、それに寄り添うようにして二つの鉢に植えた月下美人が置いてあった。サボテン科に属する常緑の多肉植物で、香りが強く、一夜だけ開花する。

父興尚《こうしょう》がその花を好み、義母の幸枝《さちえ》が受け継いだ。二十五年ほど前に、則子は義母から株分けをしてもらい、アメリカに持ってきた。十年ほど花が咲かなかったが、その後は白い花が開花するようになった。木が大きくなったので、さらに株分けをし、鉢植えの月下美人は二つになった。

月下美人は、真夏の夕刻から白い花を咲かせる。例年、二つの鉢植えからひと夏に十輪ほど、日を違えて開花する。去年の夏は、お盆の十日ほど前、二十近くの蕾《つぼみ》が綻《ほころ》び始め、盆頃に開花しそうに見えた。

去年の盆には、辺りがすっかり暗くなってから仏さんを迎えた。則子は線香を立て、

「お父さん、お母さん、純一さん、ようこそいらっしゃいました。庭の月下美人、みなさんをお待ちしてもうすぐ咲きます。咲いたら、こちらにお持ちします。お送りの日までにたくさん咲きますから、たっぷり見てくださいね」

と唱えた。則子が言ったとおり、十時頃になると見事に二輪が開花し、則子はそれを切って仏壇に供えた。

お送りの日は、十時頃から咲き始め、十二時までには、ほとんどが開花した。全部で十二輪、盛りだくさんに咲いた様子は見事だった。前庭には月の光が差し込まないので、懐中電灯をつけて花を見た。

月下美人の前には、クロッカスが群生しており、すでにみな開花していた。花は赤紫色をしていて、前景を彩っている。それを見下ろして、月下美人が大輪の花を咲かせていた。

月下美人の向きはちぐはぐだったが、大半はこちら向きになり、大型の円を描きながら縦に並び、威容を誇っていた。湿気の少ない晴れた夜、クロッカスの強い香りと、月下美人の凛《りん》と

した匂いが、夜の帷《とばり》の中で鎬《しのぎ》を削っていた。

「お父さん、お母さん、純一さん、みなさんに見てもらおうと思って、一斉に月下美人は咲いたんです。すばらしいお盆でしたね。また、来年いらっしゃってください」

仏さんをお送りする則子の語りかけは、じつに優しく、聞いている朝堅の心をやわらかに揺すぶった。

もうすぐ盆が来る。あの世の人にあんなふうに語りかけた則子が旅立った。両親や弟に則子はどう迎えられているだろうか――。

一人侘《わび》しく帰国する飛行機の中で、朝堅は亡き妻の遺骨の入った風呂敷の上に手を置き、優しく撫でていた。


熱海に移り、朝堅は新たに生活を始めるが、慣れるまではひと苦労だった。電気、水道、ガスが通じていなかったので、マンションの管理人から教わって手配をどうにか終え、日常生活がよちよち歩きながらできるようになった。

食料品の買い出しには、スーパーに行かなくてはならない。しかし、歩いて行ける場所にはないので、タクシーを使った。往復となると、かなりの出費になる。もったいないので、早く車を購入しようと思った。

アメリカで国際運転免許証を取得していたので、日本でも運転はできた。だから、車を購入し、しばらくはそれで運転をしていた。しかし、国際免許証の有効期限は一年なので、日本の免許証への切り替えをしなければならない。

それが、近くの沼津へ行けばできるというので行ってみた。実技のテストはなく、係官が出す問題に対し、論文形式の解答を求められた。その後は視力検査に合格し、晴れて日本の免許証が取得できた。

帰国してから、ずっと気にしていた案件だったので、取得できて重い肩の荷が下り、朝堅はほっとした。

アメリカから持ってきた則子の遺骨は、那覇にある先祖代々の墓には入れずにおいた。その墓地は近い将来、市の公園になる予定なので、今その墓に納骨しても、また新たな墓へ改葬されることになる。新しい墓が決まるまで、則子の遺骨はそばに置くことにした。

朝堅は、熱海湾が眼下に広がる部屋の窓際に小さなテーブルを置き、その上に則子の写真数点を並べ、床の上に遺骨を置いた。

アメリカで暮らしていた時、則子は毎朝、仏壇に熱い茶を供えていた。朝堅も倣《なら》って熱海でも踏襲し、その後で窓際の小さなテーブルの上に置いた茶碗にも熱い茶を入れ、朝の挨拶を囁《ささや》いた。

秋の中頃に、ワシントンから送っておいた荷物がようやく届いた。組み立てが必要な大型の荷物は運送会社がやってくれたが、小型のものは自分で箱を開け、並べていった。すぐに必要でないものは、未開封のままにしておいた。

荷物の整理は大仕事だった。次々と未開封の箱を開け、一段落すると、ひと休みした。窓際に設けた則子に関する品々を集めたコーナーには椅子を置いていたので、そこで茶を飲みながら休憩した。

高野山へ

荷物の整理の目途がついたので、朝堅は高野山に行くことにした。則子の両親と若くして亡くなった弟を永代供養してもらっている寺があった。則子の遺骨も加えてもらおうと、アメリカでの葬式の際、分骨をしておいたのだった。

これまでに数回、朝堅は高野山を訪れたことがあった。その時はいつも則子と一緒だった。今回は一人なので違和感はあったが、則子の遺骨も一緒だからと、自らを納得させた。

お遍路などの霊場巡《めぐ》りでは、いつも弘法大師が一緒にいてくださるという意味の「同行二《どうぎょうに》人《にん》」という言葉がある。一人での高野山参りの寂しさは、それを思い出して消え、則子が亡くなって寂しい時は、この言葉を思い出し、自分で元気づけようと思った。

とはいえ、すべてを達観しているわけではない。高野山に行くには、なんば駅で南海電車に乗り、終点の極楽橋駅からケーブルカーに乗る。急な勾配を昇っていくが、高野山駅に到着しても改札口を出るまで、坂になっている石段を上がらないといけない。朝堅の目の前に、腰の曲がったおばあさんが、中年の女性の手を借りながら、ゆっくり昇っていくのが見えた。

二年前、朝堅が則子と二人で高野山に来た時、則子は前を行くお年寄り以上に元気に、石段を上がっていった。それを思い出し、則子は見た目では元気だったので油断があったと悔やんだ。あんなことになるのだったら、どうして病院行きを勧め、精密検査を受けさせなかったか。そうすれば、脳の血流に異常があるのが分かり、早期の治療が可能であった。そして、この石段を二人で昇れたのにと悔やみ、朝堅は抱えている遺骨を強く握りしめた。

改札口を出て、停まっているバスに向かって歩いた。冬に入っているというのに、さほど寒さを感じなかった。

寺へはバスで行く。いつもは満員になるほど混んでいるが、その日は閑散としていた。日本人はちらほらで、ほとんどが外国人の観光客だった。

バスを降り、寺に向かった。紅く色づいた葉を残す木もあったが、ほとんどが散ってしまい、幹と枝を剝《む》き出しにしていた。踏み石伝いに入り口に向かった。

新たに永代供養を加えるので、普段より手続きに時間がかかった。お茶を飲みながら待っていると、しばらくして寺僧が来て、読経の用意ができたことを告げた。

読経をする広間は細長く、五十畳くらいの大きな部屋である。横に長い祭壇が幾重にも並び、その上に永代供養の位牌がたくさん置かれている。あちこちに大小の提灯が吊るされ、部屋全体をぼんやりと照らして、心安まる空間を演出している。

朝堅は寺僧に案内され、後方に置かれた長椅子に腰を掛けた。本来は正座が苦手な外国人向けにしつらえたものだが、日本人でも座る人が結構いるという。真ん中にガスヒーターが置いてあるので、部屋の中ではいちばん暖かいところである。

やがて、読経が始まった。経典の初めのほうは難しい言葉が続くので、いつもは上の空で聞くことが多い。終わりに近くなると、永代供養をお願いした者の名前が呼ばれるので、その時は耳をそばだててよく聞く。このたびは則子の永代供養のために来たので、彼女の名前をしっかり聞き届けようと、いつも以上に神経を集中した。則子が新たに加わったので、ご先祖様と仲睦まじく過ごしてもらいたいとの祈りであろう。朝堅にはそう聞こえた。

今回は寺に泊まろうと宿坊の予約をしておいた。則子とは一度も泊まったことがなかったが、いつか泊まってみたいと言っていたのを思い出したからだ。

夕食の準備ができたと案内があり、部屋に通された。畳十畳ほどの大きな部屋で、客は朝堅一人である。壁には古い絵が掛けられ、襖《ふすま》には時代がかった水墨画が描かれていた。描いた者の署名も見えるが、達筆過ぎて朝堅には判読できなかった。

運ばれてきたものは、山菜が主体の精進料理であった。掛け軸や襖の絵を見ながらゆっくり箸《はし》を動かしていると、その時代にいるような心地がした。時折目をつむり、はるか昔に思いを馳せながら舌鼓を打った。

食事を始める前、朝堅は隅に置いてあった座布団を横に置いた。こうして、則子が一緒に食事をしているような雰囲気を作った。小食の則子は食べ切れないものを箸で取り分け、朝堅の皿の上に置いた。今日の料理だと、則子は何をくれるだろうか。ありし日の則子の仕草や表情を思い浮かべながら、料理を食べる妻の姿を思い浮かべた。

風呂から上がると、用意されていた浴衣に着替えた。湯上がりなので、身体は温まっている。置いてあるガスヒーターはかなり高めの温度設定になっていたので、低めに再設定した。冬の高野山は寒いというので、股引まで用意してきたが、必要はなかった。

消灯して布団の中に身体を入れた。もう虫の声は聞こえず、ただ夜の静寂を感じるだけだ。静かに目を閉じた。今、高野山の深遠な空間に一人身を置く自分の姿を思い浮かべ、深い闇の中に横たわった自分が次第に小さくなっていくのを感じながら、眠りの中に入っていった。

寺の朝は早い。朝食は六時で、勤行《ごんぎょう》は七時から始まる。祈禱《きとう》の場に行くと、すでに外国人が二、三人来ていた。ガスヒーターが置かれた後ろの長椅子に座っていたので、黙礼をして近くに腰を下ろした。

室内は昨日と同じたたずまいであるが、朝の清々《すがすが》しさで満たされていた。寺僧が唱える読経の声にも瑞々《みずみず》しさが漂っていた。

前日の読経は則子という特定の人のためだったが、朝の読経は永代供養されている全員のためのものである。朝堅はいつ自分の身内の人の名前が出てくるかと身構える必要もなく、ゆったりと聞いていられた。

「次は来年の家内の命日に伺います」

親しくなった住職に告げ、寺をあとにした。

五十周年パーティー

高野山から下山すると大阪へ行き、定宿にしているホテルに泊まった。則子がとても気に入って、大阪に来るたびに泊まったところで、ラウンジでの食事をとくに好んでいた。二十階以上の部屋に泊まると、朝食、昼のブレイク、そして夕食がいずれも無料で提供されるので、則子はラウンジの時間に合わせて大阪のスケジュールを決めていた。

今回来てみると、三階にあったラウンジは最上階の二十四階に移っていた。上がってみると、アッと驚くほど夜景がきれいだった。朝堅が泊まる部屋も二十階なので夜景はきれいだったが、窓が小さいためにラウンジほどの豪華な広がりはなかった。

移転したラウンジは、四方の壁がすべて窓になっていて開放感があり、壮観だった。左右に広がるビルの窓には照明が輝き、その周囲は色とりどりのネオンやLEDの灯りで埋め尽くされている。

光のパノラマが一時に入ってくるうえに、網の目のような道路が遠くまで広がり、その上を車が音もなく走っていく様子は、まるで未来都市のような眺めだった。星の瞬きは見えないが、夜の闇は背景として光り輝くパノラマ絵を支え、その輝きをくっきりと浮かび上がらせている。

朝堅は、則子が生きていてこの絢爛豪華な夜景を見たら、さぞかしびっくりしただろうと思った。心の中でそっと、

「君もこの光景を見て、あまりのすばらしさに驚いただろう」

と語りかけた。

ラウンジのすばらしい夜景は、熱海に帰る電車の中で、朝堅の瞼《まぶた》の裏に何回も浮かんでは消えた。そして、則子が生前言っていた言葉を思い出していた。

「私たちの結婚五十周年の会は、このホテルにみなさんをお呼びしてやりましょうよ」

来年の五月十日がその五十年目の記念日である。しかし、主役の一人がこの世にはいない。でも、パートナーはいなくても、五十周年は五十周年だから、記念のパーティーを開催してもおかしいことはない。そう考えると元気が湧いてきた。

熱海に帰った朝堅は、窓から目の前に広がる熱海湾を見た。青空の下、海は穏やかな表情を浮かべてたゆたっていた。

「来年は、大阪のあのホテルで五十周年のパーティーをやろうよ」

テーブルの上の写真を見ながら、朝堅は心の中で則子にそう呼びかけた。写真をじっと見つめる朝堅の眼差しに生気が溢れ、静かな炎が燃えていた。

年が明けると朝堅は、二月から結婚五十周年の準備に取りかかった。大阪のホテルに行き、宴会の担当者に会って、考えているプランの大枠を説明した。

五月十日が記念日だが、平日の水曜日に当たるので、十三日の土曜日に会を開催することにした。招待客はおよそ五十人とした。沖縄の親戚が十人、大阪から則子の親戚が十人、朝堅の友人や知人が十人、朝堅と則子は正規の仕事の他に私塾を立ち上げ、日本人の子女を週二日教えていた。それが火曜日と木曜日だったので、火曜教室、木曜教室と呼ばれていた。その火曜・木曜教室の関係者が二十人である。会の終了後、ラウンジでドリンクを飲みながら談笑し、旧交を温める。料理は和食にした。

その日ホテルで宿泊する招待客には、全員二十階以上に泊まってもらえるように手配した。眺めが良いし、翌朝、ラウンジで朝食を食べても無料になるからだ。

ホテルで一泊した次の日、朝堅は新幹線で熱海に向かった。車窓から外を見ていると、景色がアッという間に流れ過ぎていく。頭の中は五十周年パーティーのことでいっぱいで、外の景色に目を向けてはいるが、見ていないのも同然だった。

招待客はおよそ五十人と当初は見積もっていたが、徐々に加える人数が増えて、優に七十人はいきそうである。問題は費用だが、すべて朝堅が持つことにした。ホテルの宿泊代、食事代、ラウンジでの飲み物代、加えて余興としてプロのバイオリンの演奏をお願いしたので、その経費もかかる。ただし、交通費だけは招待客に負担してもらうことにした。

これらの費用を合わせると、相当な額になる。だからといって、お祝いのお金や品物を受け取ってはいけない。確かに相当な出費ではあるが、朝堅と則子の間に子はいない。いたとしたら、養育費に多額の出費があったはずだ。子どもが大きくなったら、結婚の費用もそれなりにかかる。そう考えると、今回の出費くらいはどうということはない。朝堅はそう考えて納得した。

熱海に帰り、その日は休息にあて、次の日から招待客への通知を始めた。まずは、身内から始めようと思い、沖縄に住んでいる姪の江利に電話をした。

「まだ少し先の話だけど、五月におじさんと則子おばさんとの結婚五十周年の会をやることにしたよ。本当は五月十日が結婚記念日だけど、その日は平日になるので、十三日の土曜日に決めたんだ。場所は大阪のホテルで、もう予約は済ませた。沖縄からだと、飛行機代が高くて申し訳ないが、これは自己負担でお願いしたい。足代は招待した人みんなに自腹でお願いすることにしたんだけど、その代わりあとの費用は全部おじさんが持つ。会のことは、真っ先に江利に知らせようと思ってね。このことは、江利からお父さんに伝えてください。そして、お父さんから沖縄のみなさんに知らせてほしいんだ」

朝堅は会のことは、江利に真っ先に知らせようと考えた。おじさんがそんなビッグニュースを真っ先に自分に知らせてくれたと思えば、自分はちゃんと認められていると江利は嬉しくなるだろうし、自信もつくだろう。ちょっとした気配りだが、少しでも江利が喜んでくれるのなら、それに越したことはない。

「おじさん、とっても素敵な計画ね。真っ先に私に知らせてくれてありがとう。お父さんとお母さんに伝えるね。他のみなさんにはお父さんから伝えてもらうね」

江利の弾んだ声を聞きながら、とても喜んでいることが分かり、朝堅も嬉しくなった。

次に、大阪や名古屋に住む則子の甥や姪に知らせ、大阪で則子がお世話になった方々にも電話で伝えた。

朝堅の大学時代の友人には、伝達係として原田を選び、彼を通じて案内してもらうように依頼した。原田は何かにつけ、いろいろ小まめにやってくれる貴重な存在だった。

問題は、火曜教室と木曜教室の関係者である。朝堅と則子はワシントンで四十年も私塾をやってきた。ところが、塾生が帰国した後は、親たちとの文通が主な連絡手段になった。だから、招待状は親宛てに送った。親たちはほとんど東京に住んでいて、生徒たちも同様であった。その招待状の中で、交通費に関しては本当に申し訳ないと詫びた。

出席、欠席にかかわらず、親たちは子どもたちの現況を朝堅に知らせてくれた。それぞれが大きく成長していて、とても嬉しかった。

兄弟とも大学院を卒業し、二人とも弁護士になった教え子がいた。兄は欠席だが、弟は出席するという。弟がパソコンで朝堅にメールを送ってきて、奥さんと小さい坊やが一緒に写った家族写真が添付してあった。

朝堅はそのメールを読んで身震いした。是非一家で大阪に来てほしいと懇願した。彼は奥さんの承諾を取り付け、一家で出席してくれることになった。その生徒は則子が教えていた。則子が生きていたら、泣いて喜んだであろうと思った。

奥さんや子どもを連れて参加してくれる教え子は他にもいた。目下、通信社に勤めて活躍している則子の教え子もそうだった。

則子はワシントンの日本大使館に勤めていたが、二十年勤続の表彰を外務大臣から受け、東京に招かれたことがあった。その時、火曜・木曜教室の親たちが赤坂で記念パーティーを開催してくれた。朝堅も則子に随行していたので、その会に出席した。

今は通信社で活躍する先ほどの彼は、当時大学で新聞部の部長をしていたが、自分が書いた記事を風呂敷包みいっぱいに持ってきて、則子と朝堅に見せてくれた。その彼が道をまっしぐらに進み、バリバリのジャーナリストになっている。奥さんや子どもを連れて、五十周年の会に参加してくれることになった。

母親と子で共に出席という教え子もいた。母親の山中律子は参議院議員で、火曜教室誕生の発起人の一人である。教え子の彼は大学を出て官吏になり、そこから米国の大学院の研修に行った。そこでの勉強を終えて日本に帰国する前に、奥さんを伴ってワシントンに立ち寄り、朝堅夫妻と一緒に食事をした。彼は則子が亡くなる二年前にも出張でワシントンに来て、会食をしていた。大きくなった教え子の中では、彼といちばんよく会っていた。

則子と朝堅のワシントンの家の裏庭にはプールがあって、教え子たちはよく泳ぎに来た。父親の帰国に伴い、小学四、五年生でワシントンを去った教え子たちは、それぞれに大きくなっていた。大学を卒業して今春から就職した子や、来年に備えて就職活動をしている子など、それぞれ羽ばたいていた。大学で医学を専攻し、目下研修医になっている教え子は、自分が出席できない代わりに母親が出席するという。

記念会の前の晩から、朝堅はホテルに部屋を取った。ホテルのスタッフと詰めの打ち合わせが残っていたからだ。

開始時間は夕方の六時からだが、三時頃にはフロントで待機し、出席者を迎えるようにした。沖縄からの出席者は、飛行機の都合で早くホテルに到着するからだ。宿泊する招待客が来たら、チェックインする前に朝堅が確認し、封筒を渡した。中には部屋の鍵が入れてあった。

六時前には、ほとんどの客が来ていたので、朝堅は会場に向かった。会場に入ると、ホテルの担当者が来て、

「奥様のお写真は、今どちらにありますか」

と朝堅に聞いた。前に打ち合わせた時、写真を置く台を会場の前に設けることになり、熱海から持ってきていたが、部屋に忘れてきたので、急いで取りに戻った。

アメリカにいる妹には、葬儀の時、則子の遺影を二つ作ってもらったが、妹はそのうちの一

つを持ってきていた。もう一つは、則子と朝堅の二人の結婚式の洋装の写真である。初めは二人とも和服姿であったが、お色直しの時に洋装に着替えたのだった。

朝堅はアメリカの銀行を退職した後、ワシントン日本語学校の校長から要請され、十年ほど生徒を教えた。中学三年生の卒業アルバムを作る時、お気に入りの写真を持ってきてほしいと言われたので、結婚式の洋装の写真を渡した。卒業アルバムができ上がった時、この写真は関係者全員から大好評だった。

いよいよ結婚五十周年のパーティーが始まった。会の式次第は設けず、朝堅の司会で進めていった。

「則子にはこういう会を持ちたいという希望があったので進めてきましたが、皆さんのご協力でこんなに立派な会を催すことができて、とっても感謝しています」

朝堅は深々と頭を下げた。

次は乾杯の音頭になった。音頭を取ってもらう横田雄一を紹介した。彼はすでに退職していたが、警視庁の高官であった。若い頃、警視庁からワシントンの日本大使館に出向しており、則子の上司であった。

横田は、すぐには乾杯の音頭に入らず、自分の家族と則子、朝堅との関係を話し始めた。一代目は自身と則子の大使館での関係、二代目は娘吉乃が日本語学校で則子から教わったこと、次なる三代目は吉乃の娘照代と息子政彦が火曜教室に入塾し、則子と朝堅から指導を受けたこと。このように縁の糸は三代まで結ばれ、今日まで続いていると述べて、聴き入る出席者を感動させた。その後、横田は乾杯の音頭に入った。

会食をしながら、出席者のスピーチが続いた。初めは、参議院議員の山中律子である。彼女は火曜教室の発起人の一人で、教室のクリスマスパーティーを提唱した。以後、そのパーティーで生徒はご馳走を食べるだけでなく、親たちに演《だ》し物を披露した。火曜教室・木曜教室は勉強だけでなく、発表力も培《つちか》っていた。

次のスピーカーは、教え子の父親で毎朝新聞に勤める田代亮である。ハンサムな彼は老年になっても若さを保ち、ダンディーで見事な身だしなみだった。彼は二人の娘を木曜教室に通わせたが、則子は娘たちをしっかり教え、国語の基礎を身に付けさせてくれたと語った。毎朝新聞は作文コンクールでも有名だが、則子は塾生を参加させ、毎朝新聞のコンクールで数多くの賞をとらせたことも語った。

田代のスピーチが終わると、朝堅はマイクを取り、次のことを付け加えた。彼には二人の娘がおり、姉が路子で妹は直子。姉の路子は小一か小二の時に、「おんぶ」と題された詩を書き、毎朝新聞社の詩のコンテストで入賞している。

「姉の路子さんがとても小さかった時、お母さんにおんぶされましたが、お母さんは前の方にも妹の直子さんをだっこしています。路子さんは何か困った時、『お母さん』と叫ぶことにしている、と書いたのですが、この『お母さん』と叫ぶという個所が審査員の心を揺さぶり、賞に輝いたのだと思います」

朝堅が入賞した時のエピソードを紹介すると、路子はそれを思い出して小さく頷いていた。

親のスピーチの次は、教え子のスピーチに移った。社会人になり仕事に携わっている教え子は、どういう仕事をしているか述べた。まだ学生で勉強を続けている教え子は、何を学んでいるかを話し、それを生かし、社会に出てどう頑張りたいかを語った。

教え子たちの熱弁に、招待客は熱心に聴き入っていた。それは儀礼的なものではなく、実際に彼らのスピーチに迫力があったからだ。朝堅から指名されたら尻込みはせず、マイクを片手に堂々と自分を語った。

料理を食べるのを忘れ、若者たちのスピーチに聴き入っている者が多かった。それに気づいた朝堅は次のプログラムに移る前に、料理が冷めないうちに食べながら演《だ》し物を楽しむようにと促すほどだった。

次の演目はカラオケ大会であった。弟の守は大のカラオケ好きで、声にも自信を持っていた。「俺の声はプロ級だ」と自負しており、機会があれば積極的に歌う。日頃、娘江利のために献身的に世話をしている。それを労《ねぎら》うためにも、守が得意な演歌を大勢の人の前で歌わせてあげたいという思いが朝堅にはあり、カラオケを余興の一つとして選んだ理由であった。

その弟の守を一番バッターに置いてあったが、折悪しくトイレに行っていたので、末弟の百果《ももか》が代わって歌った。彼は大学でバンドを組み、ボーカルを務めていた。周囲は卒業したらプロを目指すのかと思っていたら、堅実に銀行員になった。朝堅は彼にB'z《ビーズ》の歌を所望したが、今回の出席者から判断して、DREAMS COME TRUE《ドリームズ・カム・トゥルー》のほうがいいでしょうと、「LOVE《ラヴ》・LOVE《ラヴ》 LOVE《ラヴ》」を歌った。

その次は、中野舞がジャズボーカルを披露した。夫は外務省の元職員で営繕課に勤務した一級建築士である。世界各地にある日本の在外公館の建設やメンテナンスに携わった。妻の舞はいつの頃からかジャズを専門家について勉強し、招かれて方々で歌うようになった。生け花の免許も持っていて、師匠としてかなりの数の生徒に教えたりもしている。

最後のプログラムは、プロの女性三人によるバイオリンの演奏である。アメリカで則子の葬儀が行なわれた時、手元にある写真を使い、夫婦二人のアメリカ生活をCD入りの写真アルバムにまとめてもらった。スクリーンに大きく映し出された思い出の画像を背景に、三人の女性奏者によるバイオリン演奏があった。

会の式次第は設けないでプログラムは進んでいったが、夫婦のアメリカ生活の写真がバックに流れる中でのバイオリン演奏は、結婚五十周年の会を締め括《くく》るにふさわしいものであった。

朝堅は、この会を恙無《つつがな》く終了できたことに安堵しながら、

「今日は、ようこそお越しくださいました。お蔭様でとても良い会を持つことができました。本当にありがとうございました」

と招待客に感謝の言葉を述べ、深々とお辞儀をした。

招待客には、「しばらく部屋で寛《くつろ》いでもらったあと、よろしければラウンジにお越しください」と勧めた。すばらしい夜景を見ながら談笑し、ドリンクを楽しんでもらいたいからだ。

夜の八時以降、ラウンジはドリンクだけになるので、普段なら利用者は大幅に減る。しかし、この日は五十周年の会の招待客が大勢利用したので、いつになく盛況だった。あいにく雨上がりの直後だったので、夜空には星が見えなかったが、きらびやかなネオンが霧に潤《うる》んで、いつもとは違った美しい光景が広がっていた。

そこへ、田代夫妻が窓際で星を見たと言って、通りかかった朝堅を呼び止め、その方角を指差した。田代夫人はクリスチャンなので、亡くなった則子が星になり、五十周年の催しを見ていると思ったのかもしれない。

翌朝八時頃、朝堅はラウンジに様子を見に行った。招待客の何人かがちらほら見えたが、教え子の母親が一人でいたので、同席した。教え子の娘は研修医で会には来られなかったが、その母親は出席してくれていた。

食べ終わってからすぐに朝堅はロビーに行った。早目に出立する招待客がチェックアウトする前に、朝堅が宿泊費を負担することをフロントに確認するためであった。

そして、ほとんどの宿泊客がチェックアウトを終えた。緊張状態にずっと身を置いていた朝堅に解放感が訪れた。心温まる良い会を持てたという満足感があり、心地良い気分であった。

弟の守一家はもう一日滞在を延ばした。あべのハルカスを訪れるのが目的であった。娘の江利のため、見物はゆっくりした方がいいという親心もあった。守が前もってその提案を話していたので、朝堅はとてもいいと了承し、同行することにした。

ホテルで昼食をとったあと、タクシーであべのハルカスに向かった。そこに着いて、江利を車椅子に乗せ、エレベーターを乗り継ぎ、最上階に向かった。

展望室から四方八方に広がる大阪の町を見下ろした。まさに天空から下界を見下ろしている観があった。

「車がアリみたい」

江利がそう言って地上の方を指差した。宿泊したホテルのラウンジも最上階だったので相当高かったが、高速道路を走っている車がまだ車だと識別できた。しかし、あべのハルカスからだと、小さなアリがノロノロと這いずり回っているようにしか見えない。車椅子に乗った江利は最初から興奮気味で、見渡す限りの絶景を楽しんでいた。

「あれが大阪城なの。小さいね。豊臣秀吉が生きていて、ここから大阪城を見たらびっくりするね。高層ビルがたくさんあるので、目を丸くするね」

江利が声高にしゃべった。弟夫婦は目を合わせ、頷いていた。娘が興奮気味に喜んでいるのを見て、夫婦間で喜びを共有していた。

次の日、朝堅が熱海に帰るまで、弟一家も同行した。マンションに着くと、守は朝堅に、

「車椅子の車輪を拭くから、雑巾を持ってきて」

と言った。そうすれば、部屋の中でも車椅子が使用できるからである。

普通の客は、靴を脱いですぐ家の中に入る。江利は、父親に雑巾で車輪を拭いてもらってから入る。その手間のかかる作業をごく自然に行なっている弟に、朝堅は感服した。

江利がトイレや風呂を利用する時、守は急がず慌てず、ゆっくり丁寧に対処していく。手慣れた熟練の作業だが、守は神経を集中し、真心をこめてやっている。朝堅は、弟の日常での苦労を目の当たりにして、人間として毎日を真剣に生きていると感心し、頭が下がる思いであった。

朝堅が江利を外の景色がよく見える窓際に連れていった時のことである。初めて来訪した客には、まずは初島、伊豆の大島を見せ、頃合を見てそこから移動するのだが、江利は真剣な眼差しでじっと見つめ、立ち去りたくない様子を見せた。

ひょっとしたら、この景色を見るのはこれが最後かもしれないという名残惜《なごり》しさを感じ、じっと見つめているのかもしれない。朝堅はその真剣さに打たれ、傍らに立ち続けた。

守一家は、二日ほど熱海に滞在したあと、沖縄へ帰っていった。今までの大賑《にぎ》わいから一転、一人取り残されたような寂しい思いをしたが、大きな行事がすべて終わり、ホッとしたのも事実だった。長い間背負ってきた則子の死という重い現実から、少し解放されたような気分だった。

居間の窓際の丸いテーブルの側に座り、則子の写真を少し脇へ寄せ、そこにスペースを作って茶碗に茶を入れた。

「五十周年の会、無事終わった。とても良い会だった」

朝堅は則子の写真に語りかけた。会場には則子の写真を置き、多くの人に見届けてもらえたはずだが、生身の主役が欠けた事実は覆うべくもない。だが、生前の則子の業績が会をしっかり下支えしてくれたことは確実で、出席者の言葉からもそのことは十分に伝わってきた。朝堅はお茶を飲みながら、写真の則子に感謝の気持ちをしみじみと伝えた。

胃癌摘出

五十周年の会が無事に終わり、それからは平穏な日々が続いた。それでも朝の散歩は毎日励行した。朝食を済ませてからしばらくすると外に出て、お決まりのコースを歩く。

マンションを出て、左向きに歩いていく。坂道を下り、熱海駅に向かう。駅が散歩コースのほぼ中間点で、今度は昇りの坂をマンションへと歩いていく。

この朝の散歩を終え、居間に作った則子に関係するものを置いたコーナーで椅子に座り、茶を飲む。

昼の日課として励行しているのは、温泉に入ることである。マンション所有の温泉場は午後四時にスタートするので、その少し前に自室を出て浴室に向かう。一番風呂に入るのは決まって朝堅だった。

湯船に浸《つ》かりながら、晴れた日は眼下に見渡す海の近くに初島が見え、遥か遠くに伊豆の大島が見える。いつまでも浸かっていたい気になるが、長湯は身体に悪いと思い、適当に湯船から出る。

夜は、どこかしらのテレビのチャンネルに合わせて面白い番組を見る。テレビは時間つぶしにはなくてはならないもので、朝堅のような隠居生活を送る者にとっては必需品である。テレビよりも読書が人間性を高めるためには必要かもしれないが、頭では分かっていながら、つい安易なテレビの誘いに乗ってしまう。

朝堅がよく見るのはスポーツ中継の番組である。プロ野球は応援しているチームの実況放送があればよく観戦する。二か月ごとに開催される大相撲は心待ちにしている。

さらに、熱中して観戦するのは、春と夏の高校球児による甲子園での野球大会である。有力校がどこまで勝ち進むかを気にかけながら、実力校とそうでない学校の対戦があると、力のない学校が善戦していたらそちらを応援する。

そういう隠居生活を送っているが、年中快適に過ごしているわけではない。気候の影響を受けるからだ。きついのは夏である。六月になると熱海は梅雨に入り、それが一か月続くと夏に向かう。熱海の夏は過ごしやすいと言われているが、日中は温度も上がり、その暑さは夜になっても続く。

朝堅は冷房が嫌いなので、なるべくクーラーは使わないようにしている。蒸し暑く寝苦しい時、クーラーなしで寝苦しい夜を送ることが多々ある。

夜寝てから汗ばむことが続いたある日、背中に痛みを覚えたので、患部にあり合わせの塗り薬を塗ってみた。痛みは少し和《やわ》らいだように覚えたが、思ったほど効果はなかった。温泉には毎日入っているが、背中のぶつぶつとした湿疹のようなものは治ってはいかない。痛みも続いている。温泉は万病に効くとよく言われているので、温泉療法がいいのではないかと思い、湯にいつもより長く浸かってみたが、なんら効果はなかった。

昼間はテレビを見ているので、痛みは少しは紛れるが、夜、寝床に入ってからの痛みは、睡眠に支障をきたすようになった。毟《むし》り取ろうとすると余計に痛むので、疲れ果てて寝入るまで寝苦しさが続いた。

熱海に来て、まだ病院に一度も行っていなかった。朝堅はもう高齢者になっているので、定期健診の通知ももらっているが、面倒でそれすら行っていない。

さすがに痛みに耐えかね、電話帳で病院を探して予約をとった。電話した内科医院では、毎週水曜日に外来患者を診察しているということだった。

朝堅は予約の半時間前に行き、自分の名がアナウンスされるのを待った。担当医は中年の女性医師であった。上半身のシャツを脱ぎ、背中の病状を見せると、女性の医師は即座に、

「帯状疱疹《たいじょうほうしん》です」

と言った。初めて聞く病名である。幼児の頃にかかった水ぼうそうが完全に治り切らないで、

老年になって皮膚から出てくるのだという。

朝堅は医師に病気を特定してもらい、気が楽になった。毎日傷口に塗るように塗り薬を処方された。一週間後にまた診察を受けに来るように言われた。

毎週診察を受け、一か月通ううちに帯状疱疹はなくなったが、月に一度は通院し、診察を受けた。通院すると、はじめに採血され、コンピュータでいろいろ数値が出され、身体の調子が診断された。低い数値に対しては、どういう食べものをとったらいいかの助言があった。

当初は月に一度の検診だったが、しばらくして二か月に一度となった。市から来る定期健診はさぼっていたので、内科医の二か月に一度の検診には頑張って出向いた。

それから一年くらい経って、梅雨が終わり夏に向かう頃のことだった。相変わらず朝の散歩は励行しており、いつものようにマンションを出て、左回りで熱海駅に向かっていた。

熱海駅まで歩いていって、何かいつもとは違うなと感じた。急に暑くなったからだろうと、気を引き締めて坂道を昇り始めた。そして、足がとても重いことに気づいた。いつもは坂道を一気に登っていくが、とてもしんどいので休み休み歩いていった。

そうこうしながら、やっとのことでマンションに辿り着いた。やれやれと思い、今度は〝く〟の字になった入り口への階段を上っていくが、やはり足が重くて大変だった。

さすがに異常だと朝堅は悟り、予定の検診日では遅すぎると思い、主治医の診察を早めてもらった。当日、面談の前にいつも行なっている採血をされ、診察室の前で待った。

主治医の田島医師は、採血から出てきた数値を見て、鉄分が異常に低くなっていると告げた。さらに、外科に行き、精密検査を受けてほしいと促した。主治医の看護師がさっそく外科医の先生に連絡をし、朝堅は精密検査を受けることになった。

まずCT検査をやり、次に胃カメラで胃の検査をしてもらった。

「胃癌です。原因はこれです」

外科医は叫び、胃カメラによる検査は終わった。

「手術はどこで受けますか」

外科医は朝堅に聞いた。

「ここでお願いします」

朝堅は即座に答えた。

散歩で歩行が困難になり、主治医に診てもらったら、鉄分の異常低下が分かった。その病因究明のために精密検査をしたら、胃癌による血液の異常流出があったと判明した。

朝堅は胃癌だと診断され、一瞬息が止まりそうになったが、外科医の「どこで手術を受けますか」の質問に、「ここで」と即答した。歩行困難の原因が胃癌だと、あっという間に分かったのだ。そこまでがとてもスムーズだったので、その流れに沿って外科医の質問に「手術はここで」と口から出たのである。

朝堅には病因究明で苦い経験がある。五十年以上前、高校三年の受験生の時、胃の痛さに苦しんだ。勉強が手につかない。あっちこっちの医者に診察をしてもらったが、原因がまったく分からなかった。

当時、朝堅はわりと太っていて、外見は健康そうに見えた。原因を突き止められない医者は、大学受験が控えているので、不安からくる神経症だろうという見立てがほとんどであった。

その後も胃の痛みは治まらず、勉強に集中できなかった。これでは受験は無理で、朝堅は浪人生活をすることになった。その一浪生活の終わり頃に、父の知り合いの外科医が「原因は十二指腸潰瘍《かいよう》」と正しい診断を下し、手術をして完治に至ったのである。

五十年前には、今のような精密検査はなく、医者は確かな病名をつかむことができなかった。それに比べると、朝堅の歩行困難の原因が癌だといち早く見抜いたことは、五十年前に苦い経験をしていた朝堅にしてみれば、電光石火の鮮やかな診断に感じられたのだ。

その流れに沿って、「手術はここで」と即答したのである。

手術を受けるために必要なのは、保証人である。病院側は、手術を受けた人が費用を支払えない場合のために、保証人を必要とする。朝堅の保証人となってくれる人は、本土にもいるにはいるが、沖縄にいる妹の照美がいいと思い、彼女に電話をかけてその旨を伝えた。

朝堅にとって、照美は弟妹の中でとても頼りにしている存在だった。気が合うので、気持ちが滅入《めい》っている時、すがることができる関係であった。

照美は一年ほど前に、夫を白血病で亡くしている。伴侶を亡くして独り身ということを考えると、危機に面している朝堅にとって、頼りにできる人であった。

朝堅が照美に電話をかけ、病状を伝えると、飛行機の予約が取れたらすぐ熱海に向かうと言ってくれた。胃の摘出という大きな手術に立ち向かっている朝堅にとって、気心のよく知れた妹の照美が寄り添ってくれることは、とても心強かった。

手術の前に、どういう手術をするか、執刀医の佐藤医師から説明を受けることになり、保証人の照美も一緒に聞くことになった。

佐藤医師から、胃癌の摘出手術はどういうふうにしていくか、図を描きながら詳しい説明があった。質問をすると、それに対して分かりやすく、丁寧な答えがあった。

「よろしくお願い致します」

朝堅と照美はそう言って診察室を出た。

「とても丁寧で分かりやすい説明だったね。兄さんがここに決めたわけが分かったよ」

と、帰りしなに照美が朝堅に言った。

朝堅は「手術はここで受けます」と佐藤医師に言ってはあったが、変更することはできた。

沖縄にいる弟妹はもう二つの案を出していた。

一つは、沖縄の病院で手術を受けるという案である。この利点は、沖縄には朝堅の弟妹がいるから、手術後の看護がよくできる。もう一つの案は、照美の娘婿は東京の大学病院で内科医として勤めているが、友人には外科医もいて、手術後は照美も娘の家にいて朝堅の看護ができるというものであった。

朝堅は熱海の病院で手術を受けることを早々と決めていたが、照美には迷いがあり、佐藤医師のやさしい丁寧な説明で、それが払拭されたのである。

術後の再入院

そして手術が終わり、入院生活が始まった。胃がなくなった後に、どういうふうに食事をしていくかというと、はじめは消化しやすい液状の食物、いわゆる流動食で、牛乳や重湯などだった。回復に向けたスケジュールがあり、それに沿って食事が段階的に進められていった。

食事に固形物が出されるようになると、よく噛んで食べないといけないので、時間がかかった。三度の食事は決まった時間に食膳が運ばれてくる。だが、朝堅は胃を摘出しているので、看護師が気を利かせて、他の患者より遅くに食膳を引き取りに来る。しかし、それでも朝堅は食べ終わっていない。もう少し待ってほしいとお願いすると、引き下がる。今度来た時までに食べ終えようと心がけるが、そううまくいかない。それで食べ残しのまま食膳を持っていってもらう。

入院生活で、もう一つの課題は歩行である。リハビリのアドバイザーによる指導の下で、はじめは杖をつきながら、歩く練習をする。次に杖なしで歩く練習をし、歩行距離を伸ばしていった。

執刀医の佐藤医師は毎日、朝堅の病床に立ち寄った。

「いかがですか」

それだけの声がけであるが、朝堅はちょっとでも良いことがあると、報告した。食事の量が多くなったとか、歩行距離が少し伸びたとかである。医師と患者の会話は、少しの、ちょっとした会話でも、それは患者に回復に向かっての活力を与えるものであった。

五十年以上前に、朝堅は十二指腸潰瘍になり、手術を受けている。五十年後に、今度は胃癌の手術である。二つの手術で朝堅が大きく違いを感じているのは、手術後の痛さである。

五十年前の手術では、手術後に麻酔が切れて、耐えられない痛さが続いた。たまらなくなって、看護師に麻酔を打ってくれと頼んでも、聞いてくれなかった。痛み止めを打ってしまうと癖になり、退院後も麻酔を打ち続ける。そうならないためにも、今は歯を食いしばって我慢しなければいけないと言われた。しかし、堪《こら》えきれない痛さが続くので、再び痛み止めの注射を打ってくれと頼むのだが、どうしても聞いてもらえなかった。痛み止めがもらえなかったら、いっそひと思いに殺してくれと言いたいほどだった。

五十年後の胃癌の手術では、そういう手術後のひどい痛みはなかった。どうにか耐えられる痛みがしばらく続き、そうこうしているうちに、痛みはなくなっていった。

五十年前と今では、手術後の痛みという点で大きな違いがあり、手術後の痛みは緩和されたといえよう。

食事と歩行という大きな課題が日々改善されて、朝堅は一か月くらいで退院することができた。医師や看護師、食事を賄《まかな》ってくれた方々、さらには介護スタッフに大変お世話になり、朝堅は感謝した。

朝堅の入院中の心の支えになったのは、弟妹、そして甥や姪の温かい励ましであった。なかんずく江利の存在は存在自体が、朝堅に大きな励ましを与えた。朝堅の身内で唯一の身体障害者で、車椅子に乗って毎日の生活を送っている。

手術のために入院する前の晩、守から電話があった。しばらく話をしてから江利が出て、

「おじさん、がんばってね」

と励まされた。

手術をして入院生活をしていると、回復を目指して日々上昇志向で明るく頑張っているつもりでも、思うように回復しないと、寂しさに襲われて塞《ふさ》ぎ込んでしまうことがある。そういう時は、江利を思い出していた。

「おじさん、がんばってね」

そう励ましてくれた電話の声を思い出していた。そうしたら負けじ魂が湧いてきて、朝堅は拳《こぶし》を握りしめた。

朝堅は退院後、照美の介護の下で療養生活を送った。普通食にはまだ早いという患者のための食事をパックにして売っている会社があって、そこから取り寄せた。そればかりでは飽きてしまうので、照美はあれこれと手料理を作ってくれた。

そういう療養生活を二週間送ってから、朝堅は熱海にあるもう一つの総合病院を訪ねた。朝堅はアメリカにいる時から頻尿だったが、原因は膀胱《ぼうこう》に大きな石が溜まっているからであった。溜まった石を器械で打ち砕く手術を受ける必要があった。

胃癌の手術を受けた病院で診察を受け、レントゲン写真を撮ったが、そこには結石を打ち砕

く手術の設備がないので、別の総合病院に行かなければならなかった。検査結果とレントゲン写真をそこへ送ってもらい、その病院で手術を受けることにした。

さっそく入院し、結石粉砕の手術を受けた。結石はとても大きく、思っていたよりも時間はかかったが、無事に結石を粉砕することができた。その病院では二週間ほど入院した。

退院後は二週間、照美は朝堅に付き添って面倒を看た。朝堅の身体の回復は順調に進んでいるのではなく、足踏み状態が続いていた。胃が摘出されているので、それに合った食事をしなければいけないが、いいと思って十分に咀嚼《そしゃく》しても、戻すことがあった。

そんな時、照美は二か月以上も家を空けて熱海に来ているので、沖縄に帰る必要があった。帰って、コロナの予防接種を受けるのである。

朝堅の身体の具合について、照美は沖縄にいる兄の守に報告した。身体の回復が順調に進んでいない兄朝堅を一人置いて沖縄に帰るのは気が重いと伝えた。

照美の報告を受け、守は兄朝堅に電話で進言した。一人で身体の管理は難しいから、家事代行を雇ってはどうかと切り出した。さらには、家事代行を呼ぶよりも老人ホームへ行った方がいいのではないかと言った。

「お手伝いさんだと昼間しか兄さんの面倒を看られないけど、老人ホームなら二十四時間看てくれるから」

朝堅は弟から老人ホームという言葉を耳にし、冷や水を全身に浴びせられたような気がした。

「いや、まだ一人でやっていけるから」

と言って、弟の話に乗っていかなかったが、家族の絆がぷっつり切られたように感じた。

胃癌の手術後、順調な回復をしていたら弟妹も心配しなかったはずだが、妹の照美は付き添って兄の面倒を毎日見ているので、そういう兄を一人熱海に残して沖縄に帰るのが、とても心苦しそうだった。

そういう照美の切実な報告を聞いた守は、はじめは家事代行、次に老人ホームと看護の度合が高まる手段を提案した。癌の手術後の経過が思わしくない朝堅に対しては、理に適《かな》ったアドバイスであった。

ところが、朝堅にとっては鋭い刃で突き刺された痛みに感じられた。行く行くは弟妹に面倒をかけないで老人ホームに入ろうと心の中では思っていたが、たとえアドバイスであっても弟の口から発せられた言葉を耳にすると、突然冷や水を浴びせられたようなショックを受けた。

大阪で結婚五十周年の会が終わり、朝堅と弟の一家はあべのハルカスを訪れてから、熱海の朝堅のマンションに来て泊まった。その時、久々に兄弟で碁を打った。

「兄さん、熱海での一人暮らしはやめて、沖縄に来て暮らした方がいいよ。こうして毎日碁が打てるから」

何局か打ってから守が気持ちを込めて言った。

朝堅は「うん、うん」と相槌を打って頷いただけだったが、弟の気持ちを嬉しく思った。

ところが、癌の手術後、身体の回復が思わしくないところに、老人ホーム行きのアドバイスが弟の口から出たのである。

こういう独り身の侘しさは、これまでもたびたび味わっている。アメリカで銀行を退職し、妻則子と一緒にやってきた私塾だけを仕事として続けていたら、ワシントン日本語学校の校長から教えてほしいと頼まれて引き受けた。そこでの教職が十年も続いた。

そこでは毎年、卒業式があった。朝堅は中学生と高校生に国語や小論文を教えていたが、卒業式では教え子一人ひとりのスピーチを聞いた。

壇上に上がり、大方の卒業生はお世話になった教師への感謝の言葉をまず述べる。その生徒が自分の教え子だったら、朝堅は俯《うつむ》いて生徒の褒め言葉を聞く。行き届いた教えをしていないと思っているからだ。

その後で、ほとんどの卒業生は親への感謝を口にする。朝夕の送り迎えや、毎週作ってもらっている母親の弁当のありがたさなどである。朝堅の同僚の女性教師が壇上でスピーチをすると、ほとんどの母親は堪《たま》らなくなって声を出して泣き、ハンカチで涙を拭う。

日頃の親子の関係はありきたりのものだが、区切りになる場では、親子の情が見事に発露される。朝堅には子がいなかったので、そういう実感は味わったことはないが、卒業式では他人の親子の情の美しさを見て感動を覚えることがあった。と同時に、子どものいない寂しさをひしひしと実感した。

胃癌の手術後、朝堅の回復が思うようにいってないので、守は朝堅のためを思って老人ホームへ行くことを、いろんな例を出して勧めた。

「神山医院の奥さんだって、宜野湾にある老人ホームへ行っているんだ。あんな裕福な奥さんでさえもだよ」

守は、老人ホームは金に困っている人が行くところではないと、普天間でとても裕福な家を引き合いに出した。

「分かった、分かった」

朝堅は弟の説得に異を唱えなかったが、電話が終わってからも、寂しい気持ちはずっと続いた。

部屋の窓辺に来て、眼下に見える熱海の海を見た。どんより曇った冬空の下で、波は小刻みに揺れていた。朝堅はじっとそれを眺めていたら、幼い頃の家族会議のことを思い出していた。

夕食が終わり、しばらくして父が「みんな、集まるように」と言って、家族全員を居間に集めた。こんなことは初めてであった。朝堅は何が何だか分からないまま、黙って座っていた。

年長者は、朝堅が生まれる前からうちにいる伯母と母であるが、二人とも何の集まりだろうと首を傾《かし》げていた。

みなが集まったので、父は徐《おもむ》ろに話し始めた。

祖父が祖母と宮古で結婚した時、祖母は初婚ではなく、一人息子がいた。どういうわけか、その息子は大東にいる親戚に引き取られ、祖母は単身で祖父と結婚生活に入った。その後、祖父母の間に父が誕生した。

父は大人になって、大東にいる義兄の存在を知り、文通をするようになった。その大東の義兄の要請なのか、父の発案なのかは分からないが、父は「家族みんなが賛成なら、その大東の義兄をこちらに呼び寄せ、一緒に暮らしてもいいと思う」と述べた。

しかし、大東にいる父の義兄を呼び寄せて一緒に暮らすことに、みなは反対した。みなにとって、これまでその人のことを全然知らなかったし、そういう人をいきなり呼び寄せて一緒に暮らすのは嫌だという気持ちだった。

反対意見の急先鋒は伯母だった。今、家族はまとまって円満に暮らしているが、そこへ、みなが知らない人が加わると、家族がバラバラになるという。母は何も意見を言わないで、みんなの意見をただ聞いていた。

伯母は一人で反対の意見をまくし立てて同意を求めたので、みなも頷かざるをえなかった。

父もどうしても呼び寄せたいという気持ちは持っておらず、ただ家族の気持ちを打診しただけであった。

大東の義兄には、断りの手紙を父は送った。家族会議を開いて全員の意見を聞いたが、呼び寄せには同意を得られず、こちらにお引き取りをすることはできないと書いたそうである。家族が反対しているからと述べ、謗《そし》りをそちらに向けたのである。

朝堅は幼い頃にあった家族会議が脳裏に浮かび、見知らぬ伯父と暮らすのは嫌で、みなと一緒に反対したことを思い出していた。あの伯父は大東で一人暮らしを続け、亡くなっていったと思い、可哀想になった。老人ホームの余波は、朝堅に会ったこともない遠い昔の伯父を思い出させ、この世から寂しく消えていった老人の姿と自分を重ね合わせていた。

姪のこと

胃癌の手術をしてから二か月が経ち、朝堅は久しぶりに病院を訪れた。手術後の経過を見るためのＣＴ検査を受けた。その日は検査だけで、主治医の佐藤医師の診察室には行かなかった。

二週間後、佐藤医師の外来の日に出向き、検査の結果を聞いた。すべて良好で、癌の転移はないということだった。

「抗癌剤を服用してみませんか」

佐藤医師は朝堅に勧めた。服用するかしないかは患者が判断すべきで、強制ではなかった。そして、服用して吐き気がするとか、身体の調子がすこぶる悪くなったら、直ちに服用をやめるようにということだった。

飲んでみようという判断は、朝堅が自ら下した。飲み始めてから、沖縄の弟妹には事後報告をした。弟妹は「まだ早いのでは。もっと体力を付けてからの方が……」と心配した。

抗癌剤は毎食後に飲むように指示されたが、一日目は恐るおそる飲んだ。しかし、思ったほど飲みにくいものではないと分かり、何事もなく一週間飲み続けた。これなら続けて飲んでいけそうだと思った。

ところが、一週間飲み続けてみると、飲むのに苦労はないが、身体に変化が現れてきた。体力が段々落ちていったのである。これまでは、寝たり座ったりしてから立ち上がると、そのまま平気で歩けたが、立ち上がること自体が難しくなってきた。何かにつかまらないと立てないのである。そして、やっと立ち上がっても二、三歩で歩けなくなり、しゃがみこまずにいられないのだ。

朝堅は病院へ行って診察を受けねばならないと思った。いつものように、電話をかけてタクシーにマンションまで来てもらおうと考えたが、呼ぶだけではタクシーに乗れない。

普段はタクシーには外で待ってもらうが、部屋を出てタクシーに乗るまで、どうやって行けばよいか。一人で歩いていけないのだ。そこで、マンションの管理人夫婦に手伝ってもらうことにした。

部屋の中なら、這ってでも玄関までは行けるので、自室の玄関の外に管理人夫婦に待っていてもらう。そして両側から支えられてマンションの階段を下り、タクシーに乗せてもらったのだ。

病院に着いてタクシーから下りても、受付までかなり距離があるので、管理人の奥さんにはそのまま同乗してもらい、病院に向かった。そして、タクシーを下りてから受付までは管理人の奥さんに支えられて辿り着き、無事に手続きを済ませたのだった。

はじめに採血され、診察室の前で待っていたら、早々と名前が呼ばれたので中に入った。医師は採血の結果を見て、強度の脱水症と診断した。朝堅は抗癌剤を一週間飲み続けていたことを告げた。

先生はそれに対しては何も言わず、すぐ入院するように促した。入院の準備は何もしていないと朝堅が答えると、何も気にしないで、とにかくすぐ入院するようにとのことだった。緊急の指図なので、従わざるを得なかった。

せっかく胃癌摘出手術から回復し、晴れて退院できたのに、体調がすこぶる悪くなり、再び入院する羽目に陥ってしまった。原因は抗癌剤である。朝堅には向いてなかったと思わざるをえなかった。沖縄にいる弟妹は、もっと体力を付けてから服用したほうがよいのではと忠告したが、朝堅はすでに服用を始めていて、その時はなんら支障はなかったので、耳を貸さなかった。だから、身から出た錆なのだ。

思えば、胃癌の手術後の回復は順調だった。しかし、脱水症状になり、再入院してからは思うように回復しなかった。寝たきりなので食欲もない。歩くことすらできないので、トイレにも一人では行けない。看護師か介護人を呼んで、車椅子を準備してもらわなければいけない。

朝堅はテレビが好きなので、気に入った番組が放送されている時には目を向けた。それ以外は目をつむりぼんやりと過ごした。

夜、消灯の時間がきて明かりが落とされても、朝堅は寝付きが悪く、目を閉じて黙想の世界に入るしかなかった。

夜、寝る前もそうだが、昼間ベッドに横たわりながら黙想する時、朝堅の頭の中に一番多く出てくるのは、姪の江利のことだ。自分と同じように不自由な状態で江利は毎日を送っているからである。

この闘病生活を頑張れば、朝堅は健康を取り戻し、元の生活に復帰することができる。しかし、江利はいくら頑張っても今抱えている状態のままである。江利はそういう苦しみを抱えている。

大分前に、朝堅は江利の母親の直子からこういう話を聞いた。

旧暦の三月上旬に行う清明祭《シーミー》の時、家族みんなでお墓に行った。先祖にお供えものをしてお祈りし、持ってきたご馳走を食べ、寛《くつろ》いだ気分になった。

その時、江利から、

「私たちはいつもお墓に来て、線香を立てて願いごとを唱えるけど、ご先祖は私の願いを叶えてくださらない。どうしてなの？」

と聞かれたという。

直子は、娘の切なる願いは、他の人と同じ健康な身体にしてほしいというもので、いつもこの墓で心を込めて祈っているのだろうと思うと可哀想で、抱きしめたい衝動に駆られたが、じっと堪えた、と言っていた。

「それで、どう答えましたか」

朝堅は直子に聞いた。直子はこう答えたという。

「ご先祖にお願いごとをしても、それをご先祖は魔法使いのように叶えてくださるのではないのよ。願いが実現するには、本人の努力が一番大切なの。ご先祖は温かく見守るのだから。一生懸命お願いをしても、叶えられないかもしれない。それでも、どうして願いを叶えてくれないのと、ご先祖を恨まないで。願いが叶わなくても、どう力強く生きていくか、自分の心を強く持って考えていってほしい。どんなに苦しくても、力強く生きていってほしい。ご先祖様はあなたをそういうふうに慈しみ、見守ってくださっているのよ」

朝堅はじつに立派だと感じ、頭の下がる思いだった。直子は神経が太く、おっとりとしているように見える。その外見の根底には、身体の不自由な娘をどっしりと支える不動の根性があると思った。

姪の江利は、今は車椅子に乗っているが、かつては歩けはしたものの足を引きずっていた。江利の生い立ちには、苦難が付いて回っていた。

朝堅と則子は沖縄で結婚し、アメリカに渡った。則子が働いて朝堅の勉学を支え、その後、朝堅は銀行に就職した。

弟の守は沖縄の大学で学び、銀行に就職した。その後結婚し、長女が誕生した。次男の守に長女が産まれたことは、伊波家にとって大きな喜びであった。

その喜びに少し蔭りが見えてきた。長女江利は首の支えがしっかりせず、歩行に難があった。歩く時、踵《かかと》が地面に着かなくて、つま立ちで歩くのである。

朝堅と則子が休暇で沖縄を訪れた時、祖父の興尚は二人に言った。

「江利にはみんなでやさしくしないとな」

「医者はなんと言ってる？　どうにかして治してあげられないのか」

朝堅が守に聞くと、

「いろいろ当たってみたが、どうにもならないみたいだ」

と答えた。

「首都ワシントン郊外に隣接するメリーランド州には、ＮＩＨという、アメリカで一番大きな国立の衛生研究所がある。アメリカだけでなく、世界各国からいろんな部門の優秀な人が研究に来ている。僕にも何人か知り合いがいるから、聞いてみるよ」

朝堅は守にそう伝えた。そしてワシントンに帰り、ＮＩＨで研究をしている知り合いに尋ねてみた。すると、今の医学では治せないということだった。

朝堅は調べたことを守に手紙で知らせた。そして、最後に、

「医学は日々進歩している。今は不治の病でも、何年か後にはうまい治療法が見つかるかもしれない。だから、根気よく待とう」

と呼びかけた。

学齢期になり、江利をどうするかについて、家族は検討を重ねた。一般の学校にするか、特

別支援学校にするかである。

決まったのは、一般の学校に通わせることだった。その一番の理由は、江利はとてもゆっくりだが、歩行はどうにかできるからである。それで、学校の往きと帰りに車を使えば、学校内での移動はどうにかできるだろうという考えだった。

小学校と中学校は一般校に通い、いろいろ大変ではあったが、家族そして周囲の人々の助けを借りて、無事終えることができた。往きと帰りは家族が車で江利を運び、校内では自力で歩いたのだった。

問題は高校である。科目ごとに教室が変わる。しかも、校舎は平屋だけでなく、二階建てもあり、階段の上り下りがある。

江利は高校の入学試験で合格はしたが、学校側は受け入れに難色を示した。歩行に困難がある生徒は、科目ごとに教室が変わる移動にはついていけないのではないかとの懸念を抱いたらしかった。

学校側の見解を覆すにはどうしたらいいか。守は父親として頭を捻《ひね》った。名案はないが、どうしても入れてほしいという希望があるので、学校側が難色を示しても、何度も足を運び、親としての熱意はしっかり示そうと思った。

「父親の自分も、妹たち三人も、みなこの学校に通い、卒業しました。身内全員が当校出身ですので、是非娘も当校に入学させて、喜ばせたいのです」

守は訴えたが、言葉だけでは迫力がないと思い、次に文書にして心情を述べた。そして、娘があの歩行力で、どういうふうに階段を上り下りできるかを説明した。

守が説得の切り札として示したのは、友人の友情である。

「江利には親しい友人が三人いて、中学校でもいろいろと助けてくれました。高校でも、江利の教室の移動を助けてくれると思います。娘には友情にとても厚い心の友が三人もいて、三人ともこの高校に合格しています。三人は力強い手助けをしてくれると確信しております――」

守が学校側に提出した文書の最後はそう結んであった。

守は学校に文書を書く前に、友人三人の家を訪問し、親たちと話し合った。まず、これまで娘がどれだけ助けてもらったかのお礼を述べ、次に娘の高校生活におけるさらなる手助けをお願いした。親たちは守の父親としての熱情に感動し、できるだけの援助を娘たちにさせると約束した。

守の文書には、娘の教室移動は友人たちがしっかり支えてくれるし、親たちも娘たちに協力させると言ってくれていることも書き加えた。

学校側は、守の親としてのありったけの訴えをはね除けることはできなかった。ひとまず入学は許可され、問題が生じたらまた話し合おうということになった。

守の熱意は大変なものがあったが、江利も入学してから勉強を頑張った。その江利の頑張りをしっかり支えたのは、三人の友人の心温まる友情であった。

江利の存在は、学校にかつてない衝撃を与えた。学校全体で江利を守ろうとする雰囲気ができていったのだ。

江利の教室移動で、友人が三人とも欠席した際は、クラスメートが全員で江利の手助けをしてくれた。不慣れなのでぎこちなかったが、江利は級友たちのやさしい気持ちがとても嬉しかった。

江利の足の踵は筋肉の問題で上がっていて、歩行に困難がある。通常は踵が地面に着くが、江利の足の踵は着かなかった。足の矯正のため、これまで何回も手術を受けていた。小一、次に中二、そして高一の時である。だが、手術はどれも成功しなかった。

今度こそはと手術に挑むが、結果はうまくいかない。そのたびに失望するが、江利はくじけなかった。親や弟妹、友人、そして周囲の人々からの励ましや親切をありがたく思っているからだった。

高二の時、江利は学校のスピーチ大会に出場した。全校生徒千二百人の前で、自分の身体についての体験談を発表した。優勝こそ逃したが、優秀賞をもらった。

みなはよく頑張ったと褒めてくれたが、江利はどうしてもっと上位の賞をとれなかったか、反省してみた。

「わたしは他の生徒に比べて足が悪いですが、それさえ手術で治せば、みんなと同じようになれるはずです。そう思ってこれまで何度も手術を受けましたが、結果は期待外れでした。毎回がっかりしていますが、それでも頑張って生きていこうと思います」

これは江利のスピーチの大まかな内容である。江利はスピーチを振り返り、手術のことを書き過ぎているし、自分が頑張っていることを強調しすぎていると思った。

それよりも、どうして挫《くじ》けないで頑張っているか、その闘志の源泉は何かと考えてみた。すると、それは周りの人々の温かい励ましがあればこそで、そこを重点的にスピーチで発表すべきだったと反省した。

反省点はあったが、江利はスピーチの大会に出てよかったと思った。大勢の生徒の前で、自分のことを発表できたからである。そして、自分のスピーチを反省し、もっと良いものにするにはどうしたらいいか、考えられたからである。

江利はアメリカにいる伯父の朝堅に手紙を送った。スピーチの原稿も送り、どういう内容を話したかを知らせた。伯父朝堅と伯母則子はとても喜び、よくやったと褒めた。朝堅は江利への手紙の中で、スピーチ大会に出場することは挑戦的でとてもいいが、そのスピーチをさらに反省することは、自分を高めることにつながるからとてもすばらしいと褒めた。

朝堅の手紙を受け取った江利は、自分をいつも励ましてくれる伯父をとてもありがたい存在と思った。

江利は高校三年生になり、これからの進路をどうするか、昼食を食べながら級友間で話し合うようになった。大学に進む生徒、就職をする生徒、家業を手伝う生徒といろんな方向に向かっていた。

江利の三人の親友は、本土の大学に行くという。江利は、自分は大学へは行けないと思った。大学では高校以上に構内移動があるだろうし、三人の親友は本土の大学に行ってしまうからである。しかし、四年制の大学は無理でも、ひょっとしたら短大なら通えるかもしれないと思った。

それで、江利は高校を卒業して、しばらくはゆっくり考えようと思った。両親も高校を卒業したことをとても喜んでいるので、それに甘えておこうと思った。

そこへ、守が耳寄りな話を聞いた。障害者雇用促進法の改正によって、役所や大手企業では障害者の法定雇用率が上げられるという。

守たちが住んでいる宜野湾市でも、何人かの障害者を採用することになっている。

そのニュースを知った守は、家に帰ると妻と娘にその話をした。

「市役所に江利が就職できたら、すばらしいわね」

妻の直子は目を輝かせた。

江利は父の話をキョトンとして聞いた。知り合いが市役所に勤めているが、彼女と同じような仕事を自分もできるかもしれないというのだ。

しかし、それは天から降ってくるものではなく、試験にパスしなければならない。そして、市の雇用形態には臨時と正式と二種類ある。臨時からスタートしてもいいが、ベストは正式採用されることだろう。そのためには、地方公務員試験にパスしなければならず、パスした後に市の採用試験に受かれば、正式に雇われるという流れだった。

守は話をしてから、どう思うかを娘に聞いた。すると江利は、できたら市役所の正式の職員になるために、まず地方公務員試験の勉強をしてみたいと答えた。

両親は娘の決心を聞いて喜んだ。江利は次の日から図書館に通い、地方公務員試験の参考書を読み始めた。はじめは入門書を読み、次に専門的な本に進んでいった。

江利は目標に向けて頑張った。嫌でやるのではなく、目標を設定して一生懸命に目指した。多少苦しくても頑張っていたが、自分の身体に鞭《むち》を打ってやっていることに気がつかなかった。

いつものように図書館で本を読んでいると、頭に血が上り、冷房は効いているのに暑苦しさを感じた。何だか変だと思いながら意識がなくなり、床に倒れてしまった。

脳梗塞を発症したのである。救急車に乗せられ、病院に向かった。江利は応急処置を受けた。

守をはじめ家族は病院に駆け付けた。一命が助かるかどうかの重大な局面になっていた。家族はただ神に祈るばかりだった。

居ても立ってもいられない守は、アメリカにいる兄の朝堅に電話をかけた。

「とんでもないことになっている。江利が脳梗塞になり、生きるか死ぬかの状態だ。頑張って生き延びてほしい。まさかこんなことになるとは思わなかった。市の職員になるチャンスがあったから、地方公務員試験を頑張らせていたんだ。それがいけなかった。江利の体力を考えるべきだった」

守は泣きながら、自分の心情を朝堅に訴えた。

「江利は強い身体に生まれているから、その難局も乗り越えてくれるよ。とにかく、今はみんなで江利の頑張りを祈ろう」

そう朝堅は守を励ました。

これは単なる慰めではなく、朝堅は本当にそう思っていた。これまで江利は多くの苦労を背負いながら、しっかり生き延びてきた。今度の苦しみは並大抵ではないだろうが、これまでの苦難から身に付けた力強さで乗り越えてほしいと、祈り続けた。

その後、江利自身の頑張りと、周囲の心からの支援で、江利は一命を取り止めた。しかし、後遺症が残った。一人で歩くことができなくなったのである。また、以前は両手とも使えたが、左手しか使えないようになった。

　市役所に勤めるという夢がなくなっただけでなく、身体の不自由さが増してしまい、江利の失望は大きかった。

　両親が慰めても、江利は聞く耳を持たなかった。

「どうしてあの時、死なせてくれなかったの。こうなるより、死んでいた方がよっぽどましだった」

　江利は愚痴をこぼし、生きている喜びを感じられないようだった。

　そういう愚痴ばかりこぼす娘を、父親の守はたしなめはするが、叱ったりはしなかった。胸のうちの苦しさは吐き出させた方がいいと思っていた。そして、そういう娘の苦しい現状をアメリカにいる朝堅に手紙で知らせた。

　朝堅は江利に慰めの手紙を書いた。

「つらい気持ちはよく分かる。君はこれまで、他の人にはないたくさんの苦しみにぶつかって、それに耐え、乗り越えてきた。今度君の身に降りかかった困難は、これまで以上の難題だが、頑張ってくれ。君ならできる」

　江利は両親の慰めの言葉には反発し、口応えをしたが、伯父の慰めの言葉はすんなり受け入れることができたようだった。

アメリカに住んでいた時、朝堅は守一家に年賀状代わりに手紙を認《したた》めた。江利が脳梗塞を患《わずら》った年は、江利宛てのクリスマスカードを同封した。そして、その中に百ドル紙幣を入れておき、「ほんのちょっぴりおこづかい」と書いた。

以後毎年、弟一家に送る年賀状には江利宛てのクリスマスカードを同封し、「ほんのちょっぴりおこづかい」と書いている。朝堅は老年になって日本に帰国し、熱海に住んでいるが、江利へのクリスマスカードは送り続けていて、入れるのは百ドルから一万円に変わっている。

守の家の台所にはテーブルがあるが、江利が脳梗塞のために半身不随になってから、その近くに江利のベッドを置いた。そして、その側にテレビを置いた。江利が横になりながらテレビを見られるようにしたのである。

これまでは、テレビの番組は家長の守が主導権を持っていたが、江利が自由に身体を動かすことができなくなってからは、江利が主導権を持った。守は演歌が好きで、番組があると何の断りもなく見たが、今では江利の許可を得るようになった。

しかし、江利は家の中に閉じ籠ってばかりではなかった。車椅子でしか動けなくなってからは外に出るのを嫌がっていたが、守は結婚式などの公の行事には江利も同席させた。

可能な限り江利を行事にも参加させ、家族と一緒に旅行にも連れていった。沖縄の島内の旅行だけでなく、本土の旅行にも行った。北海道で世界の首脳が集まるサミットが開催された時は、しばらく経ってから、そこへ家族旅行をした。

江利の妹里美は夫と共に県庁に勤めているが、二人の間には二女がいる。都合の良い時、妹一家は父親の家族をホテルに招待し、そこに泊まり、食事を共にした。姉江利の面倒を両親がしっかり見ていることに感謝をし、労を犒《ねぎら》っている。楽しいひと時を過ごした後、守は朝堅に事後報告を電話で嬉しそうに語る。朝堅もその話を心楽しく聞くのであった。

家族のこと

二度目の入院で朝堅は寝たきりの毎日を送っている。ベッドに横たわりながらよく目を閉じて考え込むのだが、その時、一番多く脳裏に浮かぶのは姪の江利のことである。トイレに行くにも車椅子に乗せてもらわなければならず、年中そんな状態でいる江利のことがよく思い浮かぶ。

そして、側にいつも寄り添っている父親の守の姿も浮かんできた。

「ヤッチーターヤ　デキテ　ジーメーウブノン　ウサガユイ
ジーナン　サンナン　マカラーターヤ　ウムドクスイ」
（長男はめでたく生まれ、おいしいお米を召し上がるけど、
次男と三男は、イモをご馳走として食べることよ）

こんな琉球歌謡とともに、幼い頃の記憶がなつかしく瞼の裏に映し出される。これは長男を敬《うやま》い、次男や三男を軽視する歌詞で、古い時代の考え方がうかがえるものだ。

父の従姉の律子の姉は朝堅の生前から那覇に住んでいて、たまに律子に会いに来た。その際、三歳か四歳になった朝堅の弟守にこの歌を教え、口ずさみながら踊るのを教えた。

夕食で家族が集まった時、伯母律子の姉は守にこの歌を歌いながら踊ることを命じた。守は照れてなかなか出て行こうとしない。すると律子の姉は声を荒らげ、執拗に命令を繰り返す。弟は仕方なく前に出て、動作も交えて歌い出す。みなは笑いながら手を叩く。歌と踊りが終わり、弟は拍手をもらい、大役を終えてほっとする。

父は苦虫を嚙み潰したような顔をしながら、息子の歌と踊りを見ていた。戦前、東京の中学で教師をしていた父は疎開で熊本へ行き、戦後は東京へは戻らず沖縄に帰った。父は終戦後の沖縄で教師では一家が養えないと考え、普天間で初めての店を開いていた。この歌は新憲法に

そぐわないと知りつつ、次男の歌と踊りを苦々しく見ていた。

次男の守は、この歌と踊りがどういう意味か分からなかったが、長男の朝堅は大まかに知っていて、自分は長男、弟は次男という上下関係がいやがうえにも意識された。

とはいえ、兄弟はそういう身分意識をかなぐり捨て、遊びに興じることもあった。沖縄は台風が多い。村中ほとんどが茅葺《かやぶ》きの平屋だった中で、父興尚は普天間で瓦葺《かわらぶ》きの二階建ての家を初めて建てた。台風で茅葺きの家が吹き飛ばされる中で、朝堅たちの家は堂々と建ち続けていた。

台風による強風が吹き荒《すさ》ぶ中で、兄弟は新聞飛ばしをやった。風が吹きつけない二階の窓を開け、そこから新聞紙を小さく切り刻み、窓から外に投げた。軒下でいったん止まるが、次の瞬間、突風がこま切れの新聞紙を遠くに吹き飛ばした。

朝堅と守はどっちが遠くに飛ぶかを競争した。ほとんど守が勝った。兄は新聞紙を大きく刻み、弟は小さく刻んだ。朝堅は大きく刻んだら遠くに飛ぶと思って、大きく刻んだ。弟は何も考えないで、とにかく飛ばせばいいと思って、小刻みに切って飛ばした。

台風の時の新聞飛ばしは、とても面白かった。しかし、勝負のうえでは兄は弟に負けてばかりだった。いまいましいが、弟の妙な力が兄の朝堅の胸にしっかり刻まれた。

兄弟はターザンごっこもした。近くの小高い丘の上に、沖映という映画館があった。上映されるほとんどは日本の映画作品だったが、たまにはハリウッドの映画も上映された。

誰と一緒に見たかは忘れたが、朝堅はターザンの映画を見た。綱にぶら下がり、「ウワァオー」と妙な叫び声を出しながら木から木に飛び移るターザンの格好良さに朝堅は魅せられた。そして、朝堅は家の中でターザンの真似をした。天井の横棒に細長い布をロープとして括りつけ、ぶら下がる。弟を前に立たせ、蹴り飛ばす。ターザン役の兄は上機嫌だったが、蹴り飛ばされる弟は、たまったものではない。わりとターザン遊びが長く続けられたのは、蹴られる役の弟が上手だったからかもしれない。

朝堅は弟との家の中での遊びのほかに、一人で外遊びにも行った。長堂《ながどう》という材木店があって、そこの空き地が遊び場だった。朝堅が初めて一人でそこへ行った時のことである。

どう遊んでいいかまごついていると、お山の大将の長堂の息子から朝堅に声がかかって、

「オイ、つるたこうじに似ている色白の子、お前はこっちの組だ」

と言って、朝堅を呼び寄せた。「つるたこうじ」が誰なのか分からなかったが、その名前はしっかり朝堅の胸に刻まれた。

家に帰り、店の女性店員に、

「つるたこうじって、どんな人?」

と聞いた。

「日本の映画俳優で、一番人気のある人よ」

と言われた。そのことは父の耳にも入り、

「鶴田浩二の他に、何か言われたか」

と朝堅は父に聞かれた。朝堅が、

「そこの色の白い子」

と答えると、父は頷いた。

「色の白いというのは、弱々しい人という意味だけではない」

父は息子にそう言い、祖父から聞いたことを話した。

「糸満の人は船乗りで有名だ。船に乗るだけでなく、海の潜《もぐ》りもやる。船乗りの頭領が、たくさんの船乗りのなり手があって、ここぞという最良の人を選ぶ時、海の潜りという点で色の白い人が決め手になったこともあったそうだ。だから、色が白いというのは、弱々しいだけでなく、見る人によっては強い人ということだ」

だから、色白は弱いというコンプレックスを持ってはいけないと、父は諭《さと》した。

ところが、父が危惧したことが、何年か後にひどい結果となって起こった。小学校の高学年になり、ある日荒《すさ》んだ気持ちで家に帰った朝堅は、泣きながら、店の商品の入ったガラスを何枚も拳で叩き割った。

農業の時間という授業があって、生徒は一列に並び、収穫の終わった畑を鍬《くわ》で耕し、平坦な農地にしていった。

クラスのほとんどの生徒が家で農業を手伝っているので、作業はお手のものだった。上手に鍬で土を耕し、掘り起こした固まった土塊を裏返した鍬で叩いて細かな土に戻し、土地を平坦にしていく。

朝堅はやったことがないので、見よう見真似でやってみたものの、思うようにいかなかった。他の生徒はどんどん作業を進めるが、朝堅は遅いうえに耕したところに凹凸ができ、平坦になっていなかった。

「色白のヤマトンチュー（大和人）には、畑仕事が不似合いだ」

クラスのガキ大将が野次ると、みなも同調し、

「色白のヤマトンチュー、色白のヤマトンチュー」

と囃《はや》し立てた。

朝堅はその場では嘲笑に耐えていたが、家に帰ると、溜まっていた悔しさが爆発し、店の商品を並べている戸棚のガラスを何枚も叩き割った。

朝堅の母や伯母は、いつもはおとなしい朝堅らしくない乱暴に驚き、どうしてそんなひどいことをするのかと聞いた。朝堅はガラスを割ってから、とんでもないことをしたと内心では思

い、

「色白のヤマトンチューと何遍もからかわれたからだ」

と言い訳した。

伯母や母はまず割れたガラスの破片を拾い集めたが、ガラスを割ったことに対して朝堅を叱ることはなかった。

しかし、伯母と母は外から帰ってきた父に報告した。興尚は朝堅を呼び、もう一度どうして店のガラスを割ったのかを問い質《ただ》した。

「白いヤマトンチューと冷やかされて、ヤマトンチューは畑仕事が下手だと言われたので、悔しかった」

「学校では悔しさを堪えていたのに、どうして家に帰ってきてから店のガラスを割ったんだ」

「馬鹿にされた悔しさを思い出して、たまらなくなった」

「家でも悔しさを堪えるべきではなかったか」

「……今はそう思う」

興尚は、息子は自分の行為を反省しているが、このまま許しては息子のためにならないと思った。そこで、毎朝店で売るたくあんを樽から出し、水できれいに洗ってから棚に並べることを日課にするように言い渡した。それが済んでから学校に行くようにと命じた。

朝堅は、初めは嫌々やっていたが、次第に慣れてきて、難なく朝の日課に励むようになった。そうして二年が経ち、小学校の卒業式の日を迎えた。その日、朝堅はたくあんの樽出しの日課に気が向かなかった。樽の前に来て、嫌々一、二本洗ったのだが、どうしても残りをやる気にならなかった。

朝堅は卒業生を代表して答辞を読むことになっていた。自分で原稿を書き、担任の先生に直してもらい、家で何回も朗読の練習をした。

そういう特別に晴れがましい日に、学校では格好良いことをするのだからと、たくあんなど洗う気にならなかった。ぐずついている朝堅を見て興尚は、

「いつものように、洗ってから行け」

と厳命した。

それを見て、母親や伯母が、

「今日は卒業式だから、もう行かないと遅くなるから、朝堅、今日はいいよ」

と助け舟を出した。それを聞いて、朝堅は半泣きになりながら、父親の許しを待った。

「卒業式など遅れて行けばいい。毎日の日課がきちんとできないなら、答辞なんか読まなくていい」

父は頑として動かなかった。父の言うことの深い意味は分からなかったが、いつものように

たくあんを洗わないと卒業式には行けないので、朝堅は泣きながら日課をこなした。

父の試練は、朝堅が中学生になっても続いた。中学生として初めての夏休み、朝堅は朝早く起きて小学校の運動場へ行き、店の番頭から自転車の乗り方を習った。父の指示によるものであった。補助輪のない時代なので、乗っては転びの繰り返しだった。そうしながら、バランス感覚を身に付けていった。

腕や足のあちこちに傷ができたが、その痛みの中でバランス感覚が磨かれ、十日ほど経ってようやく自転車に乗れるようになった。

夏休みはあと十日くらい残っていたが、さらに父が朝堅に命じたのは、朝の御用聞きの仕事だった。普天間には、病院や神社など大きな家が十軒ほどあり、その日入り用なものはないかと朝のうちに自転車で聞いて回り、後で番頭たちに配達してもらうのである。

興尚はあらかじめ電話で、これからしばらくは息子が御用聞きに伺い、注文を受けるからと先方に伝えてあったので、朝堅は初めの日から滞《とどこお》りなくこなすことができた。

御用聞きをされる家々も、朝堅が来ると快く受け入れて、それまでよりも幾分余計に注文してくれた。朝堅は自転車に乗れるようになった嬉しさもあって、朝の空気の清々《すがすが》しいうちに、自転車に乗って仕事をするのが楽しかった。そのため、与えられた仕事に懸命に打ち込んだ。

沖縄のお盆は旧暦で行なわれるので、夏休みの間に巡ってくる。そのお盆には、トートーメー（仏壇）に供物を置き、親戚回りをする時にその供物を持っていくので、店では物がよく売れた。

お盆の時、興尚が朝堅に命じたのは、ウージ（砂糖きび）の叩き売りである。グーサンウージ（おじいさんの杖用のさとうきび）のためにと、人々はウージを買う。トートーメーの両側に置くのである。ご先祖はお年寄りだから、お盆でこの世にいらっしゃる時とお帰りになる時に、ウージの杖をお使いになるのである。

店は四叉路の角にあった。店の前の一角にウージをたくさん並べ、道行く人たちに大声を張り上げ、叩き売りをするのである。普段より、値段は大分安くしていた。

「グーサンウージ、チャーヤイビーガ。

グーサンウージ、コウミソーレー。

ヤッサイビーンドウ」

（グーサンウージ、いかがですか。

グーサンウージ、買ってください。

安いですよ）

初めのうちは照れくさかったが、やっているうちに、お客がちらほら寄ってきて買っていくので、声にも調子が出てくる。朝堅は道行く人たちに向かって、精いっぱい声を張り上げた。

また、朝堅は時たま、村々へ行って日用品の売り出しをした。当時の村々は開けてなくて、店もなく、わざわざ店がある町まで買い出しに行っていた。そういう村々へ行って売り出しをすると、村人が大勢寄ってきて、品物を買ってくれた。

村々への売り出しは、三人体制で行なった。一人は車の運転、一人は品物の出し入れと会計、残りの一人は放送とセールスをした。興尚は朝堅も行くことを命じた。

ある日、朝堅は放送とセールスを担当した。スピーカーを使って、村人に売り出しに来たことを告げるのである。村人は次々と買いに来てくれた。朝の十時頃売り出しを始め、品物は順調に売れて昼になり、弁当を食べることになった。

店を出る時、賄い係の女性が三人に弁当を手渡してくれていた。それぞれの弁当を開けて食べようとしたら、運転手と番頭が弁当の匂いを嗅ぎ、腐りかけていると言い出した。運転手が朝堅の弁当を嗅ぐと、こちらは何ともない。

「僕たちのと堅ちゃんのは、中味が違うんだ」

運転手は恨めしそうに言った。

それを聞いた朝堅は、自分だけ弁当を食べる気になれなかった。

「三人で分けて食べよう」

朝堅は言い、遠慮する二人に弁当を三等分して差し出した。

「二人が食べないなら、僕も食べない」

そう言い張り、二人に無理矢理食べさせた。


朝堅は帰ってから父に話し、抗議をした。興尚は賄いの女性に注意をしたのか、二度とそういうことは起こらなかった。

興尚の息子への試練は、朝堅が中学生になっても続けられていた。小学生の時からスタートした朝のたくあんの樽出しも続いていた。朝の御用聞きは、夏休みには毎日やった。村々への日用品の売り出しは、日曜日には朝堅も駆り出された。

そういう鍛練は、朝堅の心の強さを少しずつ培っていった。家業の手伝いもするが、勉強も疎《おろそ》かにしなかった。学校の成績も良く、友達からの人望もあった。クラスの級長にも毎年選ばれていた。

中学時代の親友

中学二年の二学期の初めに、名古屋から西島邦彦という格好の良い生徒が転校してきた。背が高く、顔立ちも良く、色白で垢抜けしていた。勉強もよくできた。明るい性格で、みなと仲良く付き合っていた。

すばらしい生徒が転校してきたので、朝堅の心は掻き乱された。朝堅は、色は白いが顔立ちは普通で、一番の悩みは背の低さだった。どう見ても、風貌では完全に西島に負けていた。

しかし、自分の敗北がはっきり分かるので、朝堅の気持ちはすっきりしていた。朝堅はクラスの級長でもあり、彼とクラスの融合を図った。昼休みには、クラス全員で輪になってバレーボールをしたり、二組に分かれてサッカーをしたりした。

バレーボールをする時、朝堅と西島はパスが上手なので、円の真ん中に二人が入り、パスがどれだけ続くかを数えながら楽しくやった。

秋の運動会には、最後を飾る競技として五つのチームに分かれてのリレーがあった。朝堅も西島も選手に選ばれた。同じタスキの色の女子選手からバトンをもらい、次の学年の女子選手にバトンを渡すのである。

朝堅がバトンを受けた時は、チームの順位は二位だった。二百メートルトラックを一周し、朝堅は二位で次の走者にバトンを渡した。

西島は三位でバトンを受け取り、次の走者には一位でバトンを渡した。朝堅は一人抜いたが、西島は朝堅をも抜いていたのだ。見ていた級友たちは、西島の足の速さはすばらしかったと賞賛した。

運動会の花形は西島だった。それが級友たちの胸に強く残っている中で、ラブレター事件が起こった。西島がラブレターを女子生徒からもらったのである。朝堅は西島から聞き、どうしようか二人で話し合った。

西島のカバンの中に封筒が入っていて、開けると便箋が入っていた。西島への思いが書きつらねられていた。ラブレターである。差出人が誰かは書かれていなかった。

「これをクラスの誰かに見せたの」

朝堅は西島に聞いた。

「いや、他の誰にも見せていない。みんなに知れたらよくないかもしれないけど、何もしないでいたら、この人は僕に手紙をまた書くかもしれない。そのほうがよくないと思う。どうしたらいいか、君の意見を聞きたい」

西島は真剣な口調で話した。朝堅はこのラブレターについて、級長としてどう取り扱えばいいか、しばらく考えてからこう述べた。

「何もしないで放っておくと、また、君にラブレターを送ってくると思う。この人は君に憧れの気持ちを持っているが、それは大切にしてあげたいね。今度の学級会で話し合うほうがいいと思う。誰が書いたかは追究しないで、そういう気持ちは心の中に大切にしまっておいて、みんなで仲良くやっていくようにと言ったらいいと思う。僕は一応みんなの意見は聞くが、そういうふうにまとめていくつもりだ」

西島は朝堅の考えに同意した。しばらくして、ラブレターのことが学級会で話し合われた。クラスメートは、西島がラブレターをもらったと聞いて驚いた。しかし、西島がラブレターをもらうこと自体には納得の様子だった。それは、彼は誰もが認めるスターだったからだ。

誰が書いたのかという質問があり、議長の朝堅はしばらく黙っていた。書いた本人が名乗り出るのなら、それでもいいと思った。でも、誰も名乗り出なかった。女子生徒たちは顔を見合わせるだけであった。

そこで朝堅は、自分の好きな人にラブレターを書いていいかと質問をした。これには、賛否が割れた。好きな人がいても、それをじっと胸の中に収め、勉強をしっかりやった方がいいという勤勉派と、自分の気持ちははっきり主張すべきという表現派に分かれた。議長の朝堅は採決を採らないで、各自それぞれの判断に任せることにした。

最後に、朝堅はラブレターをもらった本人の西島の意見を聞いた。西島は、自分としてはこういう手紙は今はもらいたくないと答えた。そういう気持ちはぐっと抑え、勉強を頑張ってほしいと言った。

「僕たちはいろいろ苦しいことを抱えているけど、耐えられることは耐えて、しっかり勉強していきましょう」

そんな西島の呼びかけに、クラスメートは唇をぐっと結び頷いていた。そこで会は終了したが、クラス全員に明るい表情があった。

その日、朝堅には気になることがあり、夜、寝床に入っても寝付かれなかった。クラスの女子生徒の中の誰が西島にラブレターを書いたかという疑問である。朝堅はクラス会の議長なので、クラス全員を見渡すことができた。誰が書いたんだろうと男子生徒の一人が言った時、一瞬目を伏せた女子生徒がいた。クラスの中では一番目立つ女子生徒で、勉強もよくできた。伏せた目をすぐ元に戻したが、その仕草は朝堅の胸にぐさりと突き刺さった。

朝堅は心の中で、クラスで一番すてきな彼女に思いを寄せていたのである。その彼女が西島にラブレターを送った。そう思うと、目の前が真っ暗になった。心臓に刃が突き刺さった思いだった。

しかし、その胸の痛みに耐える我慢強さを朝堅は身に付けていた。かつて小学生の時、

「色白のヤマトンチューには畑仕事は無理だ」

と級友に冷やかされ、家に帰ってから商品の陳列棚のガラスを拳で叩き割った蛮行からは脱却し、胸の苦しさに耐える力を具備するようになっていた。

父が朝堅に課した数々の試練は、つらさに耐える根性を身に付けさせていた。他人の勝《すぐ》れた

点ははっきり認め、称《たた》えられる謙虚さを朝堅は持てるようになったのである。

日頃から思いを寄せているクラスの女子生徒が、クラスで一番カッコいい男子生徒にラブレターを送る。悲しくて悔しいけれど、自分に比べて西島がどんなに素敵かを冷静に見つめ、彼にラブレターを送る女子生徒の気持ちに合点がいくのであった。

中学三年になり、朝堅と西島は違うクラスになった。共に級長になり、中学校の生徒会では顔を合わせるが、それ以上に毎日放課後のスポーツの練習で一緒になった。

二人はバレーボール部に入り、村大会や地区大会を目指して頑張った。当時のバレーボールは九人制で、西島は前衛のセンター、朝堅は中衛のレフトであった。

西島は前衛のライトが上げてくるパスを見事にスパイクして得点をあげるが、前衛のレフトや中衛の右、左にトスを上げ、スパイクを打たせていた。

朝堅は中衛の左で、西島からくるトスを高くジャンプして、スパイクを決めた。朝堅は背こそ低いがジャンプ力はあり、西島から送られてくるトスを、待っていましたとばかりにハイジャンプをして、スパイクを相手側に叩きつけた。

チームの花形は西島であった。背も高く、彼の右側から上がってくるトスに、ジャンプしてすごいスパイクを相手チームに打ち込んだ。スパイクを打つだけではなく、前衛や中衛のスパイクの上手な選手に打ちやすいトスを送り、多彩な攻撃を展開させていた。

当時、高校は沖縄全島大会があったが、中学校は地区大会が最上位の大会だった。西島と朝堅のチームは村大会で優勝し、地区大会に進んだ。チームが勝ち進んでいくと、応援も熱気を帯び、選手たちは奮い立った。そして地区大会でも優勝し、学校全体で大いに盛り上がった。

秋には陸上競技の大会があった。得意な選手は放課後、練習を重ねた。西島も朝堅も陸上競技の選手で、村大会や地区大会を目指して頑張った。西島は百メートルと二百メートル、朝堅は幅跳びと三段跳びが得意だった。二人とも八百メートルリレーの選手でもあった。

村大会で優勝すると、地区大会に出場できた。西島と朝堅は村大会でそれぞれの種目を優勝し、八百メートルのリレーでも優勝した。それで地区大会に進んだが、そこでも二人はそれぞれの種目で優勝した。

競技の最後は八百メートルリレーであった。朝堅は第一走者、西島はアンカーであった。朝堅は一位でバトンを第二走者に渡し、第二、第三走者はそれぞれ順位を落とした。アンカーの西島に渡った時は四位だった。

バトンを受け取った西島はぐんぐん他の選手を抜き、最後は一位になってテープを切った。西島と朝堅の学校の応援団は熱狂した。朝堅は自分が走った後、第二、第三の走者が抜かれていったので、もう駄目かと思っていたら、西島がぐんぐん追い抜いていって、ついに一位になってテープを切った。今さらながら西島のスプリンターとしての走力のすばらしさに観客は目を見張った。

地区大会は嘉手納中学校のグラウンドで開催された。朝堅の学校の生徒もたくさん応援に来ていた。リレーでの西島への声援はすさまじかった。

陸上の地区大会が終わり、しばらくして二学期が終了する前に、大スターの西島は父親の転勤で福岡の中学校に転校した。スーパースターがいなくなるので、級友たちは別れを惜しみ、悲嘆に暮れた。

朝堅は病院のベッドに横たわりながら、若き日の学校の大スター、西島のことを懐かしく思い出していた。その余韻はしばらく続き、いつか伯母の古ぼけたアルバムにあった一枚の写真を思い出していた。父興尚の若き日の写真である。

興尚はスポーツマンで、短距離と相撲が強かったという。その写真では、前の方に青年が四人しゃがんで座り、後ろに若い女性が和服姿で立っている。陸上競技が終わった時の記念写真みたいである。

後ろの女性の中で、目立って奇麗な人がいた。それが桃原《とうばる》初江である。興尚は若い頃、ハンサムだったという。師範学校を出て、最初に赴任したのは北谷《ちゃたん》小学校であった。そこで同じく教えていたのが初江で、二人は熱烈な恋愛をした。

二人は結婚したいと親に許しを請うが、どちらの父親も頑として聞き入れなかった。興尚は長男で一人息子、初江は長女で一人娘である。興尚は一徹者の父親の反対に逆らうことはできなかった。

それで彼女を諦めるが、沖縄にいるとそのつらさに耐えられなくて、東京へ出た。そこで小学校の教師をしながら、夜間の高等師範に通った。

その頃、興尚はある女性と交際をしていたという。その女性の父親は沖縄出身で東京に在任し、世界の音楽を研究していた学者であった。地味な研究をしている父親とは違い、娘はモダンガールであったという。どのくらい交際が続いたか分からないが、二人は別れたらしい。おそらく、初江とは雲泥の差があったのだろう。

しばらくして、興尚は見合いをする。相手は琉球王朝の流れを汲む尚《しょう》一族の娘である。ミッションスクールを出ても就職はしないで、母親から家事を教わっていた。

見合いは成功し、二人は結婚した。父は端正な顔つきだし、母には静かな面影が漂っていた。そして二人の間に長男の朝堅が誕生する。朝堅の出生は、興尚と初江の恋愛の破綻が一因でもあり、もし二人がうまくいっていたら、朝堅はこの世に生まれてこなかったともいえた。

二人の恋愛の破綻は、両家の家系を守るための反対であり、その悪しき旧習があったからこそ、朝堅はこの世に生まれてきたのだ。

入院中のベッドでのもの思いで、朝堅は興尚と初江の恋愛の悲しい破綻と自分の出生を複雑な思いで見つめていた。また、少年時代の格好良い友人西島邦彦の思い出が、父への思い出に繋がり、さらに自分の出生の不思議さを考えたりした。

朝堅の思い出は、再び中学時代に溯《さかのぼ》った。西島ほどの華やかさはなかったが、朝堅はバレーボールでもまあまあの活躍はしたし、陸上競技でも頑張った。

父興尚は朝堅以上のスポーツマンだったからかもしれないが、息子のスポーツでの活躍をさほど喜びはしなかった。陸上競技の地区大会で朝堅が幅跳びと三段跳びで優勝し、表彰状をもらって帰ってきても、家族は大喜びで迎えたが、興尚は冷淡だった。

中学三年の三学期には、志望する高校の入学試験があった。朝堅は地元の高校を受けるものとばかり思っていた。ところが正月を過ぎて、興尚は朝堅に那覇高校の受験を命じたのだ。

当時、沖縄はまだ日本に復帰をしておらず、米国の信託統治下にあった。そのため、日本政府は親心として国費・自費沖縄学生制度を打ち出し、優秀な生徒を本土の国立大学に入学をさせていた。

那覇高校の国費・自費試験の合格者は全島で断トツのトップだった。その那覇高校への入学試験を興尚は朝堅に受けさせた。越境入学ではあるが、興尚はその手続きをうまく図ったのである。そして朝堅も父の期待に応え、見事に入試に合格したのだった。

高校と大学の親友二人

朝堅は那覇高校への入学が決まり、バス通学をすることになった。朝、夕はバスが満員になり、立ちっ放しであった。片道で一時間、往復で二時間の立ちっ放しはきつかった。疲れた身体で予習、復習に励まないといけなかった。

国費・自費沖縄学生制度の試験を目指す朝堅にとって、往復二時間のバス通学では十分な勉強時間がとれないと判断した父興尚は、高校二年生に進級する春から那覇での間借り生活をスタートさせた。伯母と朝堅の二人で四畳半の小さな部屋を借り、そこから高校へ歩いて通学させるのである。

伯母は二人の食事や朝堅の身の回りの世話をした。朝堅は学校まで片道十分、往復二十分を徒歩で通ったが、バス通学よりよっぽどましだった。おかげで以前より勉強に打ち込めた。

二学期の終わりに二、三年生の模擬テストがあった。三年生は全科目、二年生は国語、英語、数学の三教科だった。

数日後、結果が校舎の壁に掲示された。二年生の総合席次のトップは、断トツで国吉盛秀《せいしゅう》だった。朝堅は総合二位であった。科目別では、三教科すべてのトップは盛秀だった。朝堅は国語が二位、英語が三位、数学が二位だった。

その結果に興尚は喜んだ。店の商品を那覇の卸商から買い付けるために、興尚は時々那覇に来ていたが、たびたび朝堅と伯母の間借り先にも顔を出していた。那覇高の模擬試験の結果には喜びを隠さなかった。

父の笑顔と「よくやった」という讃辞は、朝堅をさらなる努力に向かわせていた。盛秀という名うての秀才が自分の上にどっしりと座を占めているので、彼を目標にして勉強に拍車をかけた。

朝堅は正月も普天間に帰らないで、那覇の間借り先で勉強を続けた。全校テストで総合二位になったことは、朝堅にやる気を起こさせていた。断トツ一位になった盛秀という大きな壁があったがゆえに、目標がはっきり分かり、日々の努力に邁進することができた。

ところが、二年生の二学期の終わりに、朝堅の身体に異変が起きた。胃がズキズキ痛むのである。胃薬を飲んでも、一時的には収まるが、また痛みがぶり返して続くのであった。

たびたび立ち寄る父にそのことを話すと、知り合いの病院に連れていってくれた。当時の医学のレベルは、聴診器を患部に当てて心音を聞くのが主で、現在のＣＴ検査や胃カメラによる精密検査はなかった。結局、原因を確定できるような診断はなく、勉強のし過ぎで胃が弱まっているとの所見を受け、胃薬をもらっただけだった。

朝堅はその薬を何日間か服用したが、胃の痛みは変わらずに続き、勉強に集中できなかった。あっちがいい、こっちがいいと、勧められる医者に次々と診てもらったが、朝堅の胃の痛みは治らなかった。もう受験勉強どころか、日々の予習、復習さえもできなくなっていた。

この状況を見て、那覇の間借り先にいるより普天間の実家に戻った方がいいと興尚は判断し、朝堅は指図に従った。国費・自費試験を目指し、越境入学して名門の那覇高に入学したのに、そこでの競争に負け、地元の村に帰るかたちになってしまった。朝堅の胸は敗北感でいっぱいであった。

高校三年生になり、友人たちは進学を目指し頑張っているのに、朝堅はその年の受験を諦め、悶々とした日々を送っていた。胃の痛みは続くので、些細なことで弟妹に当たり散らした。

一番ひどい目に遭ったのは、弟の守であった。朝堅は、妹たちには怒鳴り散らす程度であったが、弟には蹴りを飛ばしたりもした。子どもの頃のターザン遊びでは、ターザン役の朝堅は手加減して弟を蹴っていたが、身体の痛みで気持ちがまいっている朝堅には、年下の弟へのやさしい配慮が失われていた。

守は兄のあまりにもひどい仕打ちを父親に訴えたが、興尚は、

「兄さんは身体が痛くて神経がやられているから、つらいだろうが我慢してくれ」

と慰めた。

友人の多くは受験勉強を頑張り、国費・自費沖縄学生制度の試験で本土の大学に合格した。二年生時の模擬試験では朝堅の下位にいた生徒も、晴れて試験に受かり、華やいでいた。

高校の卒業式が近づいた時、朝堅は無性に友人を訪ねたくなった。二年生時の模擬試験で総合の席次が断トツの一位だった国吉盛秀である。その時、朝堅は二位であった。盛秀は国立大学の医学部に合格したが、それも地方の大学であった。しかも、国費ではなく、自費だという。

那覇高の同期で、誰もが認める頭脳ナンバーワンの男なのだから、しっかり勉強をしていたら、国費で国立のもっと良い大学の医学部に合格できたはずだ。

ある日、地図を片手に、彼の家を捜して訪問した。六畳と四畳半の二間に、母親と兄妹三人が住んでいる小さなたたずまいだった。父親は他界したという。

盛秀は朝堅の突然の訪問に驚いたが、喜んで迎え入れてくれた。二人は高校になってから知り合った仲である。一年の時にクラスが一緒だったが、その後は違うクラスだった。だから、特に仲が良かったのではない。

朝堅は、自分は身体を壊し、勉強ができなくて国費・自費の試験を受けることはできなかったと話した。

「君なら国費でもっと良い大学に行けたと思うが」

朝堅は盛秀へ率直に疑問をぶつけた。

「受験勉強をやる気がなくてね。プロ野球や相撲に夢中になって、勉強はあまりしていない」

盛秀は笑いながら語った。そして、朝堅がそれまでに見たことのないプロ野球や相撲の雑誌を押し入れから取り出して見せてくれた。

盛秀の変わった一面を知って朝堅は驚いたが、運動会の練習でひと休みしていた時の盛秀の話に驚いたことがあった。グラウンドでは二年生が練習をしていて、三年生は観覧席に座り、高所からその様子を眺めていた。

その時、どういうわけか、朝堅は盛秀と二人並んで座っていた。盛秀は朝堅に話し始めた。

「みんなは奇麗な女の子に夢中になっているが、僕はみんなが見向きもしない女性に目がいくね。おそらく、僕はみんなが追いかけないような女性と結婚すると思うよ」

その時、朝堅は突拍子もないことを盛秀が言うので、唖然として聞いていたが、朝堅の脳裏にしっかりと残っていた。

とにかく、盛秀は変わっているが、何か人としての器量の大きさを感じた。彼の家を去る時、会いに来てよかったと思った。

朝堅は、高校はどうにか卒業はしたものの、受験浪人をする羽目に陥った。しかし、次の年の国費・自費試験を目指すだけの気力は湧かなかった。胃の痛みがまだ続き、目標を目指して頑張ろうと思えなかったのである。

覇気がなく、その日を何となく送っている日々が続き、秋の終わりになった。父が教鞭をとっている私大の理事長が外科医で、ある時ふと興尚は息子の身体の様子を話したら、診察してみようということになった。

父に勧められて、朝堅は診察を受けた。医師は朝堅の患部を触り、指で押し、叫んだ。

「これですね」

朝堅が「はい」と答えると、

「十二指腸潰瘍です」

と医師ははっきり言った。そして、

「手術しましょう」

と強い口調で続けた。

暗闇の中でようやく明かりが見えたように朝堅は感じた。この苦しみからやっと抜け出すことができると、朝堅は手術の日が近づくのを楽しんで待っていた。

そして手術が終わり、退院した。身体は痩せたが、胃の痛みはなくなった。気持ちが軽くなり、ゆっくり静養できた。一浪しているものの、ほとんど勉強はできていなかったが、それでも焦らないで、ゆっくり歩もうと思った。

二浪目は東京で間借り生活をし、予備校に通った。もう学力は低下し、良い大学に入ることは覚束なかった。中程度の大学に入り、そこで頑張ろうと思った。

結果、二浪して大学入試に受かったが、両親への報告は手紙で済ませ、帰省しなかった。母からは、とても嬉しいとの返事をもらった。母は以前に子宮癌の手術を受けていたが、癌が胃に転移し、経過は悪いということだった。

夏休みには帰省しようと思っていたが、母は五月に亡くなってしまった。そのことを熊本にいる盛秀に手紙で知らせた。するとすぐに返事が来て、盛秀の父の死について綴られていた。

朝堅は盛秀の父親は戦争で亡くなったと思っていたが、そうではなかった。父親は医者だったそうだ。戦後、沖縄では反米運動が起こったが、熱心に運動に身を入れたという。ところが、神経症を患い、自殺してしまったとのことだった。

「お母さんが亡くなって苦しいだろうが、頑張ってくれ」

手紙はそんな励ましの内容で、朝堅は心から感動した。友が悲しみの中にいる時、自分の身の上を語り、勇気づけてくれたのだ。これまで朝堅は盛秀の頭の良さに魅了されたが、このたびは本音で語ってくれる人となりに感動を受けた。

大学に入り、最初の授業は英語だった。クラス全員が受講する必修課目だった。その時、マスクを着けて教室に入ってきた男がいた。朝は早いし、春先なので冷えるからマスクを着けているのだろうと朝堅は思った。その男は次の日もマスクを着けており、マスク姿が十日ほど続いた。

どうしたんだろう、風邪かなと思った。クラスメートではあるが、これまで話を交わしたことがない。今日もマスクか、それとも外して来るか、朝堅は彼の到来を気にかけて待つようになった。

その後もその男のマスク姿は続いた。一か月経ったある日、朝堅はついにマスクをしていない男の姿を見た。見て、アッと驚いた。口もとに大きな傷跡があった。マスクの原因はそれだと分かったが、さらなる疑問が出てきた。どうしてそういう傷を負ったかである。

彼は長身で、ギリシャ彫刻のように彫が深い。傷さえなければと思うが、傷があるゆえに美男の顔に凄みが走る。

強烈なインパクトを受けた朝堅は、授業が始まっても気が漫《そぞ》ろになり、彼のことばかりを考えていた。

昼食の時間になり、食堂に行った。いつものメニューを手にして、どこに座るか見回すと、一人で座っているギリシャ彫刻の男の姿が目に映った。

吸い寄せられるように、朝堅はその男の方に歩いて行った。同席の許しを得て、腰を下ろした。朝堅に顔を間近に見られ、その男は顔を赤らめたが、嫌な素振りは見せなかった。お互い名乗り合い、来歴を手短に述べた。男の名前は山根正一で、出身は東京だった。朝堅は沖縄から来たと告げると、正一は興味ありげに聞き入っていた。

こうして近づいてから、二人の仲は深まっていった。正一の家は恵比寿にあり、週末になると朝堅は正一の母親の家庭料理をご馳走になり、寝泊まりすることもあった。寝る前には、二人で夜遅くまでいろんなことを語り合った。朝堅の心に今でも鮮やかに残っているのは、人間にとって一番苦しいのは肉体的苦痛か、精神的苦痛かという論題について話したことである。

朝堅は自分の体験を語った。

「一番苦しかったのは、若い頃に十二指腸潰瘍の手術を受け、手術後に麻酔が切れてとても痛かったことだ。看護師に麻酔の注射を打ってほしいと頼んだ。でも、いくら頼んでも打ってくれなかった。その堪らない肉体の苦痛が、これまでの人生で一番苦しかった。胃の痛みの原因が分からないで二浪した時の精神的苦痛もひどいものだったが、それと比べても明らかに麻酔が切れた時の苦しさのほうが上だ」

正一は精神的苦痛を主張した。

「この顔の傷は、母が誤ってやかんをひっくり返したときに付いたものだ。その時の痛さは大変なもので、ひいひい喚《わめ》いたと思う。でも、もうすっかり忘れているよ。それよりも、中学や高校生になってから鏡に写る顔の大きな傷が気になりだして、自分の顔が醜いと思うようになって苦しんだ。

高校を終え、大学に進学しようかどうか迷った時、大工の父は、この仕事をやってみたら打ち込めるかもしれない、試しにやってみるかと誘われ、やってみた。ところが、うまくいかなかった。それで大学に行くことにした。普通の人とは違い、僕には内的な苦しさが付きまとっている。僕にとっては、肉体的な苦しさよりも精神的な苦しさのほうが数段大きい」

生きていくうえでの大切な問題なので、二人は夜遅くまで真剣に話し合った。朝堅にとって、精神的な苦しさに向き合っている正一の生き方は、じつに崇高なものであり、そういう友との夜を徹しての語り合いは、朝堅の脳裏にかけがえのない珠玉の思い出としてずっしりと刻まれた。

朝堅は大学を終えて沖縄で銀行に勤めることになるが、正一は政府系の住宅公団に就職し、職場で伴侶と知り合い、結婚した。朝堅は結婚した則子と勉学のためにアメリカに渡るが、当時はまだ成田空港は完成しておらず、羽田空港で見送ってくれたのは正一夫妻だった。

以後、両家は文通で近況を語り合った。正一夫妻は年末には、いつもアメリカにいる朝堅夫妻に小包を送ってくれた。気持ちの籠ったお歳暮の品々だった。その中にはいつも次の年の干《え》支《と》の可愛らしいものが入っていた。

正一夫妻の間には男の子、次は女の子が誕生した。次々とあどけない、可愛い写真が送られてきた。親友の正一が幸せな家庭を築いて仕事を頑張っている姿に、朝堅は異郷で勉学に邁進する意欲が掻き立てられた。

ある朝、朝堅は何かのものすごい力に引っ張られ、踏張って堪えていたら、目が覚めた。妻則子は側で見ていて、とても苦しそうに呻《うめ》いていたと言った。

その日の夜、日本から電報が来て、「主人があの世に旅立った」と正一の妻が朝堅に知らせてきた。交通事故に遭い、即死だったという。何年か前に、正一の父親も夜の交通事故で他界していた。因縁を感じたが、あまりにも遠い異郷にいるので葬式にも行けず、朝堅はやるせなさを感じながら悲嘆に暮れていた。

正一の妻は幼な子を二人も抱え、独力で生計を立てていくのは大変なことだったが、見事に成し遂げた。二人の子はそれぞれ立派に成人し、結婚式を挙げた。

朝堅と則子は、横浜での長男の結婚式に招待され、帰国して出席した。朝堅はスピーチを頼まれた。

「もう大分前ですが、私たち夫婦は私の勉学のために渡米しました。羽田で見送ってくれたのは山根夫妻です。年の暮れには、山根夫妻は遠い異郷の地にいる私どもに日本のものを送ってくださいました。生前のご主人の気持ちを受け継がれ、奥様は毎年心温まる小包を送ってくださいました。長年にわたる奥様のやさしい、心温かなお気持ちは、本当にありがたかったです。今日、晴れて息子の太一君が結婚式を迎えられました。本当におめでたいです。新郎新婦がすばらしい家庭をお築きになられることを心より祈っております。本日は誠におめでとうございます」

正一の死後、幼い子を二人も育て、年末にはアメリカにいる朝堅夫婦に小包を送り続けてくれた奥様の気持ちを、朝堅は本当にありがたく思い、感謝の気持ちをこめて壇上で話したのだった。

高校時代の友人国吉盛秀とは、たまに熊本で会うことがあった。盛秀は熊本大学の医学部で勉強をしていて、朝堅が沖縄へ夏休みに帰省する際に立ち寄った。

鹿児島本線の汽車に乗り、鹿児島に向かう途中、熊本を通る。朝堅はそこで下車して盛秀の下宿に泊まり、旧交を温めた。

その頃、沖縄はまだ日本に復帰していなかった。復帰運動は本土でも起きていて、朝堅が盛秀を訪ねた次の日にデモ行進が熊本を通過することになっていた。盛秀はデモに参加すると言

い、

「君も一緒に歩かないか」

と朝堅を誘った。

「この暑さの中を長時間歩くのは、今の僕の体力では無理だ」

朝堅は断った。

夕方、盛秀は日に焼けた顔でデモから帰ってきた。

「沿道には大勢の人が来てね。力強い声援をもらった。みなさんが沖縄の日本復帰を応援してくれていると思うと、とてもありがたかった」

盛秀の声には力強さがあった。米軍への抵抗運動で彼の父親は自殺していた。それを思うと、炎天下の彼の行軍には万感の思いがあったのだろうと今さらながら朝堅は感じ、友に寄り添って歩いてやれなかった己のひ弱さを恥じた。

盛秀は冬休みを利用して、東京に遊びに来た。朝堅はどう歓待しようかと思案していると、これだと脳裏に浮かんだものがあった。彼は大のクラシック愛好家なので、この線で行こうと思った。

ちょうどその時、シャルル・ミュンシュというボストン交響楽団の指揮者が来日していた。その演奏会に行こうと、切符を二枚購入したのである。最前列がいいと思い、びっくりするような額だったが買い求めた。朝堅は家庭教師で少しぐらいなら稼ぎがあり、蓄えもあった。

当日の演目は、ベートーベンの第五交響曲「運命」だった。

二人の席は、シャルル・ミュンシュの指揮棒が見えるほどの席だった。盛秀は目をつむり、じっと演奏を聞いていた。朝堅は音楽よりも、シャルル・ミュンシュの指揮棒がびゅんびゅんと音を立てて唸る様子をあっけにとられて見つめていた。

盛秀は東京で連れていってほしい場所があると朝堅に願い出た。江戸川区の西小岩にある病院だった。誰に会うのかと聞くと、盛秀は「知り合い」とだけ答え、それ以上は話さなかった。

二人は地図を見たり、人に聞いたりして、目当ての病院に辿り着いた。病院の受付で盛秀が会いたい人の名前を告げ、教えられた病室へ向かった。

入ってみると、そこは大部屋で、ほとんどの人がベッドに横たわっていた。ベッドの足元に名札があり、松田良雄と書いてあった。

盛秀はベッドに横たわっている松田の枕元に近づいていった。松田は目を開けて盛秀を見ていた。

「松田さん、お会いしたかったです」

盛秀はそう言って、掛け布団の上に置いてある松田の両手を握りしめた。

「お手紙で東京にいらっしゃる際にこちらにも来てくださると伺いましたので、心待ちにしていました」

松田は言い、盛秀が来てくれたことに本当に感謝しているようだった。さらに、盛秀に会えた喜びをこう語った。

「はじめは沖縄から国吉さんが、東京で脊椎《せきつい》カリエスで寝たきりになっている私にメールをくださって、それから私たちの文通が始まりました。今度は熊本に勉強で来られ、少しですが近くなったと喜びました。そして、今日はこちらに来てくださいました。嬉しくて、胸がはちきれそうです」

松田と盛秀の会話は澱《よど》みなく続いた。頃合いを見て、盛秀は暇《いとま》を告げなければいけなかった。

「また会いに来ます」と盛秀は力強く言い、二人はもう一度固い握手をして別れた。

今日の今日まで、盛秀にそういうペンパルがいることを朝堅は知らなかった。医学を目指している根底には、重い病気で苦しんでいる人々への深い愛情が盛秀には滔々《とうとう》とある。今さらながら、盛秀の人間としての大きさと奥深さを朝堅はひしひしと感じた。

それから数年が経ち、盛秀は眼科医になって沖縄に帰ってきた。その時、妻君も一緒だった。朝堅が休暇で則子と一緒にアメリカから沖縄へ帰った時、盛秀夫妻に会ったことがあった。盛秀の妻も眼科医で、一緒に医学を勉強し、結婚をした。

高校の時、盛秀は「自分は女性の外形に首ったけにならないで、その人の持っている長所に惚れ込む」と明言したが、それを見事に実行した。妻君は立派な人柄の女性で、二人で首里に眼科の診療所を開き、とても繁盛した。二男一女を授かり、立派な家を構え、朝堅は沖縄に戻るたびに夫婦で訪問し、彼の見事な繁栄を喜んでいた。

ところが、盛秀は五十半ばで他界した。死因は糖尿病だった。医者の不養生である。どうして彼らしくないことをしたのかは不可解である。朝堅は今もよく彼の夢を見る。それほど盛秀の人となりは、亡くなった後でも朝堅に人間としての存在感を感じさせ続けている。

朝堅にとって高校時代の無二の友は盛秀であり、大学時代の無二の友は山根正一であった。二人とも、若くして世を去った。他界はしたが、受けた感化は計り知れない。そういう友が朝堅の人生において存在したということは、生きていくうえでの大切な指針になり、かけがえのない心の支えになっている。

内気

毎年ではないが、夏休みには朝堅はよく沖縄に帰った。実家ではまだ店を続けていて、その手伝いをした。以前は近くの小さな店に卸をしていたが、父興尚が私大で教えるようになると、伯母が小売りだけ手がけるようになっていた。朝堅は帰省した時、昼は店番をし、夜は戸締まりをした。

閉店時間になると、朝堅は弟の守と一緒に店を閉めた。守は地元の国立大学に通っていた。朝堅は十二指腸潰瘍の手術後、痩せてひょろ長の体型になっていたが、守は朝堅より背も高く、身体つきもがっちりして、頼もしい風貌をしていた。

店は十字路の角にあるが、真向かいにパーマ店があった。女性が二人働いていて、一人は年輩の経営者で、もう一人は若い従業員だった。

こちらの店を閉める時、いつも時を同じくして、向かいのパーマ店も閉店した。すると守は、自分の店は兄任せにして、小走りにパーマ店まで行って、店仕舞いをする女性を手伝うのだった。

兄に断りなしに向こうへ行き、パーマ店を閉め終えると、にこにこと笑顔を見せながら帰ってくるのである。朝堅の目には呆れてものが言えない軽々しい行動に写ったが、弟はさも当然にやってのけ、来る日も来る日もそれが続いた。

パーマ店のうら若い女性はミス宜野湾だったそうで、なかなか器量が良かった。弟はその女性に気があって、向こうが店を閉め始めると、すっ飛んで行ったのである。

こういうことは朝堅には真似できなかった。真向かいのパーマ店に奇麗な女性がいるのは分かる。しかし、それは心の中に仕舞っておくだけである。

それに対して弟は、向かいのパーマ店が閉め始めるとすっ飛んで行き、二言三言、店を閉めながら話をする。そうして、気安く女性と付き合っていく。朝堅は自分にはない不思議な才能があると、呆れながら感心した。

普天間に父興尚が懇意になっている医者がいた。朝堅が中学生の時、朝の御用聞きに出向いた家である。当時、普天間には医者はそこだけで、日頃は休みなしで診察していたが、ある時、本土に医者夫婦が旅行に行くことになった。当時は船で鹿児島まで行き、そこから目的地に向かった。

船は那覇港から出発するので、知り合いが見送りに行った。興尚をはじめ伊波家は挙《こぞ》って医者夫婦を見送った。医者夫婦は乗船すると、多くの乗客と一緒に甲板に立ち、港で見送る人々との間は無数のテープで結ばれた。

さっきまで家族と一緒にいた弟は、いつの間にかどこかへ行っていなくなっていた。辺りを見回すと、遠くのほうで甲板にいる誰かを見送っていた。朝堅が相手は誰かと目を凝らすと、向かいのパーマ店の若い女性店員だった。彼女も旅行で出発するようだった。

彼女と弟はテープで結ばれ、二人は時たま大声で話し合っていた。弟が甲板の女性に大声で

ていた。

話しているのに、彼女は聞こえないのか、片方の耳に手を当てると、弟はさらに声を張り上げているのが見えた。

朝堅は帰りのタクシーの中で、先ほど見た弟とパーマ店の女性店員とのことを口に出さなかった。懇意にしている医者夫婦の見送りに来たのに、女性に現《うつつ》を抜かしていたと知ったら父親が何と言うかと考えると、ここは弟のために沈黙が必要だと朝堅は思った。

また、女性に対して弟のとっている態度をだらしないとは思わなかった。朝堅は内向的だが、弟は外向的なのだ。では、どちらがいいか。朝堅は女性に対して自分を正直にさらけ出せる弟に、自分にはない背筋のしっかり伸びた男らしさを感じていた。

夏休みに沖縄へ帰らない時は、朝堅は名古屋に行った。そこには母の妹、つまり叔母がいた。夫は高校の美術の教師で、長男は自動車会社に勤めて東京に住んでいた。大学では父親と同じ美術を学び、デザインの仕事をしていた。次男は朝堅と同い年で、大学では体育を専攻していた。さらに娘が一人いて、朝堅より三歳年下でやはり会社勤めであった。そして、隠居の祖父がいた。

朝堅は名古屋に行くと、叔母の義父とよく碁を打った。近くに五十メートルの競泳プールがあり、たまに泳ぎに行ったが、それ以外は祖父と碁に興じた。

一人娘の幸ちゃんは、昼は勤めに行き、夜帰ってくる。夕飯も一緒に食べ、朝堅はほとんど話はしなかったが、器量が良く素敵な女性なので、心の中ではときめきを感じていた。

ところが、彼女は従妹でもあるし、そういう思いは不謹慎だからと、朝堅はほのかな思いを内に秘め、苦虫を噛み潰したような顔をして幸ちゃんに接していた。

ある年、夏休みに朝堅は名古屋に行き、しばらくして弟と伯母が名古屋に来た。名古屋で朝堅と落ち合い、一緒に東京へ行き、東京見物をすることになっていた。

弟の守一行は名古屋の叔母一家に温かく迎えられた。守は幸ちゃんとは同い年で、その気安さもあって、二人は話が弾んだ。ごく自然に振舞っているのだが、弟は叔母一家と和気藹々《あいあい》とした雰囲気を作り出していた。

翌年の夏休みに朝堅が名古屋に行ったら、前年名古屋を訪れていた弟一行の話が出た。夕食の時、幸ちゃんが、

「弟さん、モテるわね、素敵よ」

と目を輝かせていた。パンチのない地味なタイプの自分に比べ、弟には弾むような明るさがある。幸ちゃんはごく自然に率直な感想を言い、それゆえに朝堅の心に鋭く突き刺さった。

朝堅は女性に対し、積極的に接する性格ではなかったので、デートなどはほとんどしなかったが、皆無というわけではなかった。しかし、少しデートを重ねると、交際相手は朝堅から離れていった。朝堅は自分に魅力がないのかと悩むこともあった。

ある年の新年会で友人の家に招かれた。その友人の姉の同僚の女性が数人来ていて、そのうちの一人とデートをするようになった。その頃、沖縄はまだ日本へ復帰しておらず、そういう沖縄の事情を知りたいという希望がその女性にあり、朝堅は喜んで応じた。

それまでとは違い、交際はわりと長く続いた。ところが、デートの日に彼女から電話がかかってきた。

「これまでお付き合いをし、楽しい思いをさせていただきました。これからもお付き合いをした方がいいか、それともやめた方がいいか、迷いました。朝堅さんは沖縄に帰り就職をするそうで、私も沖縄で一緒に暮らせるかどうか悩みました。でも、私にはその勇気がないようです。だから、お付き合いはやめさせてください。これまで本当にありがとうございました」

断りの電話に朝堅はびっくりしたが、

「分かりました。こんな僕と付き合ってくださって、本当にありがとうございました。あなたの幸せを祈っています」

と言い、電話を切った。

電話を切ってから、頭の中が真っ白になってきた。寂しさや悲しさで、胸の中が張り裂ける思いだった。その苦しさの中から、もしかしたらこういう結果にはならない方法があったのではないかという考えが浮かんだ。

沖縄へ帰って就職をすると朝堅が言ったので、彼女は苦しんだのだ。「あなたがそのことで苦しんでいるのでしたら、私、沖縄に帰りません。本土で就職します」そんなふうに言えば、彼女の決心が変わったかもしれない。

だが、そうは思っても、前に進んでいけないのが朝堅の弱腰だった。弟の守だったら、「あなたのために沖縄へは帰りません」と力強く言い、女性の気持ちをぐっと引き寄せたことだろう。

それでも朝堅は、彼女へ電話をしなかった。彼女のために、そっとしてあげるべきだと考えたのだった。

結婚、そして渡米

その後、朝堅は大学を卒業して沖縄に帰り、銀行に就職して則子と結婚する。その結婚生活は五十年近く続いた。妻が亡くなった後に二度目の入院をし、寝たきりの生活が長く続く中で、則子のことはよく思い出される。

夢も多く見るが、一番多く夢に出てくるのは則子である。目が覚めてから、しばらくはまどろむが、則子が生きていると勘違いすることが多々ある。

朝堅と則子は教会で偶然出会った。沖縄にあるアメリカの教会である。クリスチャンの則子はいつものように日曜日の礼拝に来ていた。朝堅はクリスチャンでもないのに、教会へ行く理由があった。

当時、沖縄はアメリカの支配下にあった。昭和二十四年九月、アメリカ政府は沖縄で米国留学制度を作り、年に四、五人の青年男女を本国の大学や大学院に留学させた。その制度は「米留」と略称され、青年男女の憧れの的であった。

沖縄に帰って地元の銀行に就職していた朝堅は、毎年のように米留の試験を受けたが、毎年不合格だった。朝堅の親戚に、アメリカ人のビジネスマンと結婚して毎週教会に通っている島袋勝子という女性がいた。

「ヒアリングを鍛えるために、教会に来てアメリカ人の牧師の説教を聞いてみたら」

ある時、勝子から朝堅は誘われた。

そうして参加した教会での礼拝で、朝堅は彼女から紹介されて則子と挨拶を交わした。最初に見た時、色白で白百合のようだと感じた。その帰り、朝堅は勝子の車に乗せてもらった。

「則子さん、結婚しているのよ」

「えっ、そうですか。独身かと思った」

「若く見えるけど、もう三十八歳、結婚して十六年も経つそうよ」

勝子ははっきり言っておかないと朝堅のためにならないと考えたのだろうが、朝堅の中で淡く膨《ふく》らみかけていた気持ちは、パチンとはじけてしまった。

その後も朝堅は教会へ通い、則子にも会ったが、軽く挨拶を交わす程度であった。一か月ほど経ってから、朝堅が勤めている普天間支店に則子が来た。預金口座の開設のためである。その後、則子はちょくちょく預金の出し入れに来るようになった。

教会で一緒になり、銀行でも会い、顔を合わせることが多くなり、次第に親しさが増して、いつしか食事をするようになった。

朝堅が驚いたのは、則子が夫と別居しているということだった。夫はハワイ二世の軍人で、医療関係の仕事をしていた。来島して沖縄の女性と懇《ねんご》ろになって同居するようになり、夫はそこから仕事に通っているそうである。

則子の家は、普天間基地の近くにある米軍住宅街の一角にあり、今は一人で住んでいた。ある夜、朝堅は夕食に招かれた。食事が終わって気分が高まり、二人は寝室に入った。身体の関係ができてから、二人の仲はより親密になった。

そんな折、則子の夫は任務を終えてハワイに帰ることになった。沖縄の女性とは別れたので、ハワイに帰ったら縒《よ》りを戻し、再出発したいと則子に言ったというのである。

その話を聞いた朝堅は、どうしたいのか、則子の気持ちを聞くと、

「これからの人生はあなたと一緒に送りたい」

と答えた。

則子がハワイに発つ前、朝堅は則子に、離婚が成立したら沖縄に戻ってくるようにと言い、そのあとすぐに結婚しようと提案した。

ハワイに帰った則子は夫と別居し、離婚の訴訟を起こした。朝堅とは文通を続け、朝堅はそのたびに則子を励ました。

朝堅の家族は則子からの手紙を開封し、二人の関係を知った。家族は猛反対をした。年齢が十三歳も違い、相手は十六年も結婚生活をしているのである。何遍も家族会議が開かれ、則子との結婚を諦めるように説得を重ねた。

朝堅は同意せず、絶対に則子と結婚すると言い張った。朝堅にとって則子は、初めて自分を結婚相手として認めてくれた女性であり、何が何でも一緒になるんだという強い決意があった。

堪りかねた守は、

「兄さんのためを思って、みんなは反対しているんだ。みんなの気持ちが分からないのか」

と叫んで、泣きながら朝堅の襟元をつかむと、その場に立たせ、顔をぶん殴った。守は兄の

顔を初めて思いきり殴ったのである。

それでも朝堅は意志を変えない。

「もうお前は息子ではない。この家を出ていけ」

父の興尚は勘当を言い渡した。

何十年も前、父は当時熱愛していた女性との結婚に祖父から猛反対され、別れのつらさに涙を飲み、結婚を諦めた過去があった。長男の朝堅にも同じことができないとなると、息子を勘当せざるを得なかった。

朝堅は家を出て、間借りを始めた。そして、則子を待った。やがて則子は夫と離婚し、朝堅の待つ沖縄に帰って来た。

二人は結婚し、新婚生活をスタートした。久場崎《くばさき》ハイスクールというアメリカ人の子女が通う高校があり、日本語を教科として新設するというので則子は応募し、採用された。則子はハワイ大学大学院で数学の修士号を取得しているので、数学も教えた。

朝堅は毎年米留試験を受けたが、なかなか合格できなかった。それに対して六歳年下の妹は、地元の国立大学在学中に米留試験に合格した。朝堅夫婦はショックを受け、朝堅以上に妻の則子は悔しくてたまらなかった。夫が妹に負けるなんて、我慢ができなかったのだ。

「あなたはアメリカ留学をどうするの。行きたいの、それとも諦めるの?」

則子は夫に迫った。

「行きたい。しかし、落ちてばっかりだ」

則子はしばらく考えて、

「分かったわ。行きましょう」

と言い、目をつむり考え込んだ。

則子の勤める久場崎ハイスクールには、何人かの進学アドバイザーがいた。その人たちは教科を教えないで、生徒の進学指導に専念していた。

その中の一人に、ミセス・ラナガンという五十過ぎの女性がいた。則子とは、生徒の進学についてよく話し合う昵懇《じっこん》の間柄だ。彼女に、夫がアメリカ留学を希望していることを伝えると、喜んで相談に乗ってくれた。

その時は十一月だったが、翌年九月の新学期に入学したいと則子が希望を伝えると、その意向に沿ってミセス・ラナガンは動いてくれた。そして、ワシントンＤＣにある大学院への入学手続きを進めてくれた。

朝堅は六月に銀行を辞め、七月初旬、則子と共に妹よりも先にアメリカに向けて沖縄を旅立った。夫は勉強では妹に負けたが、先に渡米させたいという則子の妙な競争心があった。

九月に大学院での講義がスタートし、則子は家にいて食事や夫の身の回りの世話をした。朝堅が受講したのは三教科で、一つは英語、あとの二教科は専攻科目の国際関係論であった。期末テストは筆記形式ではなく、受講した講義からテーマを決め、その小論文の提出だった。参考書を数冊読んで小論文の中で取り上げ、検討しなければいけなかった。小論文の作成には、則子の語学力が下支えとなった。

朝堅が一学期の勉強を無事終える目途が立ったので、則子は求職のため履歴書を持って日本大使館を訪ねた。すぐには仕事がないだろうが、いつかは空きができるはずという軽い気持ちだった。それがラッキーなことに空きがあったのだ。受付の仕事だった。

こうして、翌年の初頭から則子は日本大使館で受付の仕事を始めた。朝堅も二学期に三科目受講して、則子の手助けをもらいながら、どうにかこなしていった。

以後、二人は力を合わせ、則子は大使館の仕事、朝堅は勉学に励んだ。朝堅は修士課程を修了して博士課程に進み、極東の国際関係を学ぶことにした。

ワシントンには、たくさん日本人が赴任している。そういう人々の多くは、家族同伴で渡米している。子女のほとんどは現地校に通って、アメリカの教育を受ける。

赴任生活は大方三年で、帰国する頃には子女は英語が上手になっている。そういう利点はあるが、三年間は日本語での教育を受けないので、国語の力は落ちてしまう。そこで、帰国に備えるために、日本語の勉強が必要となる。

しかし、当時は、ワシントンには全日制の日本語学校のみならず、週末だけでも補習教育が受けられる適当な学校すらなかった。

そこで、彼らの教育を支援するため、大使公邸を使って、土曜日に補習授業が行なわれていた。およそ三百人近い生徒たちが、公邸の仕切られた部屋で勉強をしていた。

こうした状況の下で、日本人の有志が話し合ってワシントンＤＣの小学校を借り、そしてほどなく、土曜日限定だが、日本語での教育が受けられる補習校が開校されることになった。

そうなると今度は、生徒たちのために図書館がほしいという意見が出てきた。そこで公邸にある書物をそこへ移し、新校舎の一部屋を図書館に充ててみたらどうかという提案がなされた。

確かに公邸の一室にはたくさんの本が乱雑に置かれていて、ほとんど読む者もいないようだった。整理すれば、生徒たちの勉強に役立つに違いない。

その話を聞いた則子は、本の整理をするボランティアを朝堅にさせたらどうかと考えた。朝堅も同意し、夏休みにボランティアをすることになった。

九月から新学期が始まるワシントン日本語学校では、何人かの教師を募集していた。大使館員の夫人たちは則子に目を付け、教えてほしいと要望した。則子がハワイの日本語学校や沖縄の米軍の高校で教師をしていたと知ったからだ。さらに、夫人たちは、公邸で本の整理のボランティアをする朝堅を見て、やはり教師になってほしいと声をかけた。

則子と朝堅はその要望を受け入れ、九月から土曜日にワシントン日本語学校で教えることになった。

則子は小学一年生の担任になった。以前、ハワイの日本語学校でも小学校低学年を教えていたので、その道のベテランといえた。小さい時から書道を習っていて、中学一年生の時には全国の書道コンクールで一位になったこともあった。それゆえに則子が黒板に書く字は、教科書の見本とそっくりの分かりやすくてきれいな形だったので、保護者の間では大好評だった。則子はハワイで培った独特の方法で、生徒を引っ張っていった。ワシントン日本語学校はもともと生徒の質が格段に良かったところに、則子の巧みな指導も相まって、すばらしい学級に育っていった。

則子の教え方が功を奏したのには、もうひとつの理由があった。それは、保護者といつも綿密に連絡を取ることで、最大の効果を挙げたからだ。習熟度の低い生徒がいると、その母親には頻繁に電話をかけ、どういうところが弱いか、家庭でどういうふうに指導してほしいかを具体的に説明し、親もその線で協力をした。

朝堅は高校生に現代文と古文、それに小論文を教えた。高校生は人数が少ないので、学年ごとに分けずに複式で教えた。

朝堅は教えるに当たり、しっかり予習しておくように心がけた。特に古文の予習には時間をかけた。古文の解釈には文法の知識が必要なので、語と語の文法的なつながりをしっかり調べ、生徒に分かりやすく説明ができるように努力をした。

秋の終わりに授業参観があり、大勢の保護者が来た。則子のクラスには、他のクラスの保護者も立ち寄るほどの盛況ぶりだった。

教え始めてから二年目の三学期に、則子が担当する二年B組の母親たちがある動きを始めた。則子は学年を持ち上がって教えているが、母親たちは則子の教え方が良いのでさらに持ち上がってほしいと思い、その運動を起こしていた。

母親代表の三人が林校長に面談してそのことを依頼したのである。

「一年の持ち上がりならいいのですが、二年続けての持ち上がりはいろいろと問題があるので、検討をしてみましょう」

林校長はそう答え、承諾まではしなかった。母親たちの要望を聞き、困ったことになったと校長は思った。則子が良い教員であることは知っているが、次年度も持ち上がりをさせると他の教員から吊し上げを食うだろうと案じたのである。

案の定、一月の職員会議で、教員らはこの問題を議題に取り上げた。二年B組の持ち上がりを母親らが校長に嘆願したことを知り、それを阻止しようと裏工作をしていた。

その結果、多数決で二年目の持ち上がりはしてはいけないことになった。そして、教員らの希望としては、則子が朝堅に代わって高校生の国語、そして小論文を担当したらどうかという意見が付け加えられた。というのは、則子は国文科の出身であり、朝堅は社会科の専門である。生徒のためにはそれがよいのではないかという意見であった。

「これはあくまでも希望であり、お決めになるのは校長先生です」

教員たちはそうは言っていたが、この意見は校長の考えに大きな影響を与えると思われた。

則子と朝堅は帰る車の中で、職員会議のことを話し合った。

「二年B組の持ち上がりは無理ね。でも、私があなたに代わって高校生を教えるのは嫌だわ。校長先生が先生方の意を汲み取り、あなたが小三を教えるようにするのは、大いに考えられるわね」

と則子は言い、

「いっそ、日本語学校を辞めましょう。あなたは博士課程の卒業試験に合格したし、あとは博士論文だけでしょう。それに専念したほうがいいと思うんだけど。でも、あなたは銀行に勤めながら論文を仕上げたいのよね、銀行からは採用の内定通知をもらっているし。とにかく、三学期で日本語学校は辞めましょう」

と付け加えた。

「そうだね。四月からは銀行もスタートする。それをしっかりやらんとね」

朝堅も則子に同意した。朝堅は博士課程の卒業試験をパスしたので、働きながら論文を書こうと思い、めぼしい銀行数か所に履歴書を送ったら、すべての銀行から会いたいと申し入れがあり、面談を受けた。その中の一行を選び、四月から就職することになっていたのだった。

次の土曜日、二人は林校長に辞表を提出した。校長は驚いていたが、朝堅が事情を詳しく話したので、すぐに納得した。二人が退職することは内密にしたほうがいいと校長に言ったら、校長もそのほうがいいと答え、誰にも知られずに二人は日本語学校を退職した。

私塾開講

新学期が始まると、旧二年B組の保護者全員が則子と朝堅の退職を知った。学級代表だった中田は、新学期が始まったその夜、則子に電話をしてきた。生徒たちは則子が学校を辞めたことを知り、みながっかりしていると伝えた。

「大丈夫ですよ。子どもたちはすぐに新しい先生に慣れ、またしっかり頑張って勉強するから、心配には及びませんよ」

則子はそう答えた。

四月の三週目の日曜日、旧二年B組の保護者代表の中田と副代表の武満が則子と朝堅のマンションを訪れた。二人は、生徒たちは今でも則子のことを忘れずに慕《した》っていると語った。子どもたちのそういう気持ちを無視することもできず、母親たちが集まって協議した結果、ひとつの案が浮上したという。それは、新たに塾を開いてもらうことはできないかというもので、週に一回、旧二年B組を中心に集まり、則子から勉強を教えてもらうという予期せぬ内容であった。

この話を聞いて、二人は驚いた。思わぬことなので、即答はできなかった。

「お気持ちはとてもありがたいのですが、もう少し考えさせてもらいたいのです」

則子はそう言い、二、三日よく考えてから電話でお答えすると伝えた。

二人はこの提案についてじっくり話し合い、結論を出した。三日後の夜、則子は中田に電話を入れた。

「お母様方、そして生徒たちのお気持ちはとてもありがたいのですが、私たちの現状を考えるとお受けできません」

そう言って丁寧に断った。二人とも正規の仕事があるし、さらに朝堅は博士論文を頑張りたい。塾を教えるのは則子一人でもできるが、夫のサポートが必要である。則子は運転免許を持ってはいるが、夫は妻に運転させないという考えなので、机を並べるなど教室の諸準備に出向くには夫に車で送り迎えをしてもらわなければならない。

そういう諸々の理由を述べて母親たちの理解を求めた。

「ご事情はよく分かりました。残念ですが皆様にそうお伝えします」

そう言って、中田はいったんは引き下がった。

次の日曜日、中田と武満は再度、マンションを訪れた。今回は、大きな紙に書かれた寄せ書きを持参してきた。それには、かつての教え子たち全員による、ぜひとも新しい塾で勉強したいとの熱い思いが寄せ書きされていた。

それを見て、則子はわっと泣き出した。ハンカチで涙を拭いながら、

「ありがとう、ありがとう……」

と声を詰まらせながら言った。

そして、朝堅に、

「ねえ、お受けしていいでしょう」

と言ったが、すでに朝堅も同じ気持ちになっていたので、

「いいですよ。僕も協力します」

と即答した。中田と武満の二人も、ハンカチで目を覆いながら、涙声になって、

「ありがとうございます、ありがとうございます」

と何度も礼を言って喜んだ。

さっそく動きがあった。新聞記者の北村の妻ローダが、ベセスダにある教会と交渉し、地下の一室を教室として使わせてもらえることになったのである。毎週火曜が授業日になったので、塾の名前は「火曜教室」と呼ばれるようになった。

幸先《さいさき》良い船出をしたものの、朝堅の方に難関が立ちはだかった。塾の始業は午後六時からで、終業は八時である。始業に間に合わせるためには、朝堅は五時に銀行を退行し、五時半に則子を大使館でピックアップして教会に向かわねばならない。

毎週火曜日、朝堅は必ずその時間に退行できるかが問題だった。銀行の勤務時間は午前九時から午後五時までだが、時には残業の必要が生じるかもしれない。

また、朝堅は貸付課に属しているが、事前に上司から許可をもらわないといけない。上司だけではなく、人事部の許可も必要となるだろう。

しかし、ありのままを報告するのでは、許可をもらえないのではないかと思った。塾を開くと利益を得ることになるので、むずかしいかもしれない。そこで一計を案じ、塾を開いてボランティアをしたいと申し出ることにして、銀行には次のように報告した。

自分はこれまで、ワシントンの日本語学校で土曜日に教師をしていたが、銀行に勤めることになったので、三月で辞めた。すると生徒や親たちは、教会の地下を借りて火曜日にボランティアで教えてほしいと願い出た。

その背景には日本の受験の厳しさがある。親たちはワシントンに赴任すると、三年間駐留することになる。彼らは家族を引き連れてくるので、子の教育が重要になる。子どもたちは、ウィークデーの五日は現地校に通うので、三年滞在すると英語は上達するが、日本語は日が経つにつれて弱くなる。それを補うために存在するのが日本語学校だが、土曜日一日で日本の学校の一週間分を勉強しなければならない。

土曜日一日だけの勉強では、帰国後の日本の厳しい受験体制に太刀打ちできない。それで、困った保護者が、今まで教えてもらっていた子どもたちを、ボランティアでもう一回教えてくれないかと説得に来た。親たちだけでなく、子どもたちも切に願っており、並々ならぬ熱意にほだされて、できたら実現させたいと思うようになった——。

本当は、親や子どもたちは則子を慕っているのだが、朝堅は自分のこととして銀行への説得材料としたのである。

朝堅はアメリカに来てからボランティア活動の盛んな様子を見てきたので、このことも説得材料になると判断した。さらに、銀行のお偉方のお情けにすがるため、アメリカを持ち上げつつ、日本では海外教育に対する考えがいかに遅れているかという現状を説明した。実際、アメリカは国力が強いので、国防省の管轄の下、DOD（アメリカ国防総省）スクールが全世界にあり、そこでは英語による教育が一律に行なわれている。沖縄には久場崎ハイスクールというDODスクールがあり、在籍者数が千六百人という東洋で最大級の高校である。教員も百人を超え、かつては妻も教員の一人であった。

それに比べると、日本は全日制の学校数が多いが、アメリカにはニューヨークに一校しかない。他はみな補習校で、生徒は土曜日一日で日本の学校の一週間分を詰め込まされる。こうした現状を少しでも軽減するため、教え子たちにもう一日機会を与え、日本語教育の遅れを解消させてあげたい――。

朝堅はこのように訴え、あとは銀行の判断を待つことにした。

朝堅の訴えがどれだけの効果をもたらしたかは分からないが、後日、朝堅が願い出たボランティア活動に許可が下りた。朝堅は安堵したが、当行に入行したからには銀行業務に全力投球し、同時に日本の将来を背負う子どもたちにもしっかり勉強を教えるつもりだと上司に決意を伝えた。

「朝堅、君なら両方しっかりやれる。私は君のような模範的で意欲ある部下を持って幸せだ」

上司はそう言って、固い握手を交わしてくれた。

塾に参加したのは、則子が教えた旧二年B組の生徒全員ではなかった。その四分の三ほどに彼らの兄や姉も加わった。高学年の生徒が入ってきたので、学級は複式にし、上の生徒は朝堅が教えた。

塾は午後六時にスタートするので、間に合うように教会に辿り着くまでが大変だった。ラッシュアワーを掻き分けながら車で行くので、いつもハラハラし通しであった。それだけではない。着いてからも難題が待ち受けていた。教室が地下にあるので、机と椅子の準備に手間取る。日曜日に教会の活動で使われたままになっていたので、大急ぎで片付けなければならないのだ。

六時に着いてから椅子を並べるのでは、スタートが遅くなる。そこで教会の管理人に教室の準備を依頼した。管理人は夫婦で地下の一室に住んでいたが、毎週の教室づくりのお礼に、則子は何くれとなくお礼の品をプレゼントしていた。

塾で教える教科は、国語と算数であった。授業は六時から八時までで、少しでも時間を効率よく使うため、則子と朝堅は前もって学習用のペーパーを用意した。国語と算数、合わせて六枚である。教室には大きな机が置かれ、低学年と高学年に分かれて座った。生徒は与えられたペーパーに書き込んでいき、分からないところを二人が巡回して指導した。

国語は教科書を中心に教えるが、土曜日の日本語学校より、一、二週間先を行くようにした。前もって学習しておいた方が、日本語学校で新規に習う際、すでに取り組んだという自信になり、しっかり身につくからだ。

算数も教科書中心であるが、こちらも一、二週間先を行くように教えた。いろいろな解き方ややり方を前もって教わっていると、より一層力がつく。例えば、低学年の繰り上がりの計算の方法を前もって習っていると、日本語学校で教わった時に、計算がより速くできるからである。

火曜教室では、漢字にも力を入れた。宿題には漢字の書き取りペーパーを入れた。四十文字のマス目の用紙を作って渡した。生徒は分からない漢字があると、教科書を見てマス目に書き入れるのである。宿題の最初の課題なので、生徒は真っ先に取り組む。また、生徒が取り組むテストでも、宿題のペーパーと同じ形式で出題したため、生徒はあやふやな漢字を家で何遍も練習することになり、たちまち上達した。

生徒は漢字のテストからスタートし、ペーパーに取り組んでいくが、習熟度の高い生徒は早く終わってしまう。そういう生徒には、原稿用紙を渡して作文を書かせた。則子と朝堅は生徒たちの作文に目を通し、彼らの感じていることや悩んでいることなどを把握し、いろいろとアドバイスを与えた。

習熟度の低い生徒に対しては、一時間くらい経ってから、配ったペーパーを全部やるのではなく、大切なところに赤ペンで印を付けて、そこだけに取り組ませた。そして、少しでもいいから作文を書かせた。

また、全生徒に日記を書かせた。則子が教えている低学年の生徒も、朝堅が教えている高学年の生徒にも同様に書いてもらった。

日記はすべて則子がチェックした。則子は大使館の昼休みを利用した。大使館の休憩時間は一時間半もあった。アメリカの一般企業では昼休みは四十五分というところが多いので、倍の長さである。その理由は、大使館は市街地にあるのではなく、郊外にあるからだった。外食には時間が少ないし、外交官が朝、国務省に出向き、その後で要人と昼食をとる場合でも、昼食時間は長い方が都合がよかったからだ。

朝堅は同僚と外でランチをとるので、弁当は持って行かないが、則子は毎日弁当を持参した。弁当を三十分で食べ終えると、残りの一時間は日記のチェックに充てた。

則子は朝、朝堅に車で送ってもらって、帰りも朝堅が迎えに来た。朝堅に残業があって迎えが遅くなる時、則子は迎えの車が来るまで、大使館で子どもたちの日記のチェックをした。

則子は心を込めて丁寧に日記をチェックした。赤ペンを使い、うまい表現には傍線や丸印をいくつも付け、「とっても上手」「すごい」などと褒めてあげて、日記の終わりには丁寧に感想を記した。

感想のコメントが丁寧でしかも適切なうえに、則子の字がすばらしいと、生徒たちからは好評だった。なにしろ中学の書道コンクールで日本一になった文字だ。教科書に載っている手本とそっくりの見事さなので、生徒たちはコメントを熱心に読んだ。そして、母親や父親も、返してもらった我が子の日記を楽しみにして読んだ。

授業が終わり、子どもたちを迎えに来た母親たちは、口を揃えて、

「先生のコメント、すばらしいです。読むのが楽しみです。こんな見方があるんだと、とても参考になります」

と則子に礼を言った。日記を通じ、則子と母親たちの信頼関係は次第に強固なものになっていった。

「文集を作ってみない?」

ある日、則子からこんな提案が出された。

「子どもたちがあんなに熱心に日記を書いたんだから、そのままに終わらせてしまうのはもったいないわ。文集にすると、自分の文が載って嬉しいでしょうし、友達の文も読んで参考にもなると思うの。親たちも、我が子の書いたものを読んで嬉しいでしょうし、他の生徒の文章を読むと、親としても参考になると思うの」

則子は、生徒の日記を読み、内容のすばらしさをよく知っているので、自分が受けた感銘は文集にしてみなに読んでもらい、共有できたらと思っていた。

「同学年の中でもうまい子もいるし、下手な子もいる。そのことはすぐに分かるし、他の親た

ちに知られてしまうだろう。このことで子どもが落胆したら、引け目を感じる親もいるかもしれない。でも、ワシントンに来ている親たちは見識も高いから、そんなちっぽけな了見は持っていないだろうけどね」

朝堅は笑いながらそう言って、文集作りに賛成した。

原則は一人一作だが、うまい生徒は二作から三作載せることにした。ワープロやパソコンのない時代である。朝堅はすべて手書きで行なった。はじめに小さいマス目の原稿用紙を作り、それを下敷きにして上に白紙を置くと、一字一字書き込んでいった。

表紙と題名についても、いろいろ話し合った。ある雑誌に、二人の子どもが楽しそうに手をつないで歩く絵があった。この文集にぴったりなものだったので、それを表紙にあしらうことにした。題名は、則子の筆による手書きで、「たのしい日記」と書いたものを表紙の上部にレイアウトした。

第一号ができた。本文はたった十ページの薄っぺらだが、則子は日記の一つひとつに自作のイラストを入れた。その効果もあって、立派な文集に仕上がったと思った。

みんなの日記を読んでみた。それぞれ味わいのある文章を書いていた。低学年のものは、まだ幼さはあったが、一生懸命頑張っているのがよく分かった。

「いいなあ」

「そうね」

二人は文集を手に取り、何遍も読み返した。

教室で文集を手渡すと、みんな目を輝かせて読んだ。自分の書いた日記を改めて読み返したり、友達と感想を述べ合ったりしている。ほとんどの生徒は一人一作だが、うまい生徒は三作も掲載されている。

「野田さんは、三つも載っている」

と羨《うらや》ましそうに言う生徒がいた。

「良い日記をたくさん書くと、たくさん載せてあげるよ」

朝堅が言うと、みんな納得した様子であった。

作文指導の大成功

則子はたまたま、ある子ども向けの雑誌で、発行元である日本の雑誌社が「作文コンテスト」を主催していることを知った。さっそく生徒に作文を書かせ、応募させた。塾からだと応募できない決まりなので、日本語学校を通じ参加させた。

則子は作文のテーマを、生徒の日記から選ばせることにした。火曜教室からの「作文コンテスト」への応募は、初めは応募が少なかったが、次第に多くなった。そして、次第に入選者が増えていった。

ある年、則子が指導した生徒の作文が文部大臣賞を受賞した。総理大臣賞に次ぐ二番目の賞である。五年生の男子生徒が書いた「凧《たこ》」という作文で、次のような内容だ。

彼は、アメリカ生まれのアメリカ育ちで補習校に通っているが、一人の日本人ととても仲良くなり、親友となった。補習校には次々と転校生が入ってくるが、何年か経つうちに父親の赴任が終わる。その友達も、父親の任期が終わるので日本へ帰ることになった。

もうすぐ帰国というある日、日本人の友達が凧を持ってきた。その凧には、赤色の長い脚がついていた。上の方にその男子生徒の名前、真ん中に帰国する男の子の名前、そして一番下には男子生徒の弟の名前が書いてあった。三段式の凧である。

その凧を作った友達は日本へ帰ったが、その男子生徒は今でも時々凧を揚げて、日本へ帰っていった友達を思い浮かべる。

文章の最後はこう結ばれている。

「僕は今でも彼の残していった凧を上げる。大空をいせいよく飛ぶ三段式凧を見上げる時、やっぱり僕は彼と一しょにいるような気がする。

今日もアメリカの空は青く高く広がる。この空は、ずっと日本まで続いているのだ」

主催した雑誌社は日本にあるので、表彰式は日本で行なわれた。男の子宛てに往復の航空券が二組送られてきて、父親が同行して表彰式に出席した。当日、作文の朗読を求められた男子生徒はスラスラと日本語で読み上げ、その後でいろいろな質問にしっかりと受け答えをしていたという。アメリカ生まれのアメリカ育ちなのに日本語がとても上手だと、みんなから褒められたそうである。

なお、その表彰式には、プロ野球ジャイアンツのホームラン王、王貞治選手もゲストとして招かれていて、男子生徒はサイン入りのボールをもらって大喜びをした。アメリカに帰って火曜教室に登校すると、則子と朝堅にそのボールを見せた。二人はボールを眺め、そして手に取り、

「日記がこうなったんだね」

と感慨ひとしおの様子だった。

彼の作文の指導者として則子にも注目が集まり、その雑誌社が発行している教育雑誌に執筆を依頼された。「日記による表現力の開花」と題した文章の中で則子は、「アメリカ生まれのアメリカ育ちの子供が、文部大臣賞に輝いた一番の原動力は、毎日せっせと書き続けた日記でし

た」と書いた。

そして、「たのしい日記」に載せた「鳴き虫」という彼の詩も紹介した。

先生は、鳴き虫のことを知っていますか。
鳴き虫は、クワガタです。
カブト虫にやられると鳴きます。
クワガタは、
「ぼくがもっと強ければやっつけるのに。」
と、いつも鳴いています。

則子は依頼された原稿の終わりに、「日本の生徒とは違う生活環境ですが、本人の努力によってそれを立派に活かした健康的かつ繊細な作品が出来上がりました。日々の生活体験を基にした諸材料を整理させ、作文に集大成させるのが教師の役目ですが、根本材料の日記がどっしりと充備していたのです」と結んでいる。

男子生徒が受賞した「凧」の中に、「二年生の頃から書き続けた日記帳を積み上げると、もう七十センチの高さになる」と書かれているが、則子はそれだけの日記を生徒につけさせ、それをもとに日本語の能力を向上させる指導を見事に果たしたといえる。

　戦後、日本経済が右肩上がりに伸びていくにつれ、海外に派遣される人の数は増えていった。海外に駐在する者は大体が家族ぐるみでやって来るが、ほとんどの家族には子がいる。親たちは日本人学校や補習校に通わせ、子どもたちの日本語習得の向上を目指すと同時に、日本語力が低下しないよう保持に努める。こうした海外子女の日本語教育に、日本政府の援助の下に取り組んでいる機構が、海外子女教育振興財団である。

　その財団が、海外子女文芸作品コンクールを主催することになった。これまでは、塾の生徒の作文は、雑誌社が主催するコンクールに応募してきた。「凧」という作文で、則子が指導した男子生徒が文部大臣賞を受賞したのは、この雑誌社が主催するコンクールである。

　そこへ今度は、海外子女教育振興財団が作品を募集するという。これまでどおり、日本語学校を通じ、雑誌社に出すか、それとも海外子女教育の総元締めである海外子女教育振興財団主催のコンクールに出すか、則子は迷った。

　困った則子は、朝堅に相談した。

「財団に送るというのは、大転換だね」

　朝堅はそう言いながら、どちらを選ぶか思案していた。

「財団がコンクールを主催し、海外子女に呼びかけるということは、海外からの応募者がすごく増えることになると思うわ。雑誌社と財団では規模が違うから」

則子はこう分析しつつ、財団の主催する規模の大きなコンクールへ応募させてみようと、決意した。

「大きな闘いになるけど、火曜教室も総力をあげて挑戦してみたいね」

そう言いながら、朝堅も胸の高鳴りを覚えた。

海外子女教育振興財団主催のコンクールは、作文の他に詩、短歌、俳句も扱っている。締め切りは七月三十一日なので、則子と朝堅は四月初めから火曜教室の生徒に取り組ませることにした。

塾での勉強時間は二時間という制約があるので、学課と作文の両方をこなすのは無理な話だ。そこで則子は、母親たちが生徒を迎えに来た時、作文のテーマを何にするか、家のほうでもテーマを考え、書かせてほしいと頼んだ。

しかし、それは日記から作文のテーマが見つかってない生徒の場合である。親が子の作文のテーマを考えて書かせる際は、親が代わりに書いたりしてはいけないと強く念を押した。それで賞をもらっても、生徒に作文力はつかないからだ。コンクールへの参加の目的は、あくまでも生徒の作文力の向上にあると力説した。それはまさに正論なので、親たちも則子のやり方に賛同した。

しかし、それではコンクールに勝てない。これまでの経験から、則子にはそれが分かっていた。そこで、上手な生徒の作文は手を加えずにそのまま応募させた。一方、力のない子の作文は、独力で最後まで頑張ったのを見届けてから、初めて文章を直して指導した。ただし、あくまでも生徒の作文を土台にし、文体を整えることだけに専念した。子どもらしい、たどたどしい文体はどこまでも生かそうとした。

朝堅は、どうやって生徒にコンクール用の作文を書かせるか、工夫を重ねた。原稿用紙五枚以内という制限があれば、まず一枚か二枚を生徒に書かせる。次に、そこから話をどう広げていったらよいのか、赤ペンでインストラクションを書いた。それをもとに生徒が書いた作文が原稿用紙五枚に達してなければ、さらに赤ペンでインストラクションを書き、原稿用紙五枚まで書かせるようにした。これは親たちの間で「赤ペンのインストラクション」と呼ばれ、好評を博した。

コンクールの締め切りまで四か月ですべてのジャンルの作品を仕上げることになるが、塾で勉強をしながら作品も書いていくのである。詩や短歌、俳句は、生徒の生活体験や旅行などを題材にするように指導したが、散文とはまったく違う短詩系の作品は、いきなり作れと言われても小学生には難しい。

そこで、則子は一年を通じて自分が見たもの、考えたものを詩や短歌、俳句用としてメモをとっておいた。生徒が詩や短歌や俳句を作る時、どうしても題材が思い浮かばない生徒には、自分がメモした情景を言って聞かせ、それを元に作品を作らせてみた。

それらは生徒の生活体験に基づいたものではないが、情景自体は生徒の頭の中にある。そこから、五・七・五あるいは五・七・五・七・七に作り上げていくのである。則子は生徒が書いた作品を添削し、コンクール用に仕上げていった。

朝堅は、生徒が旅行した時の写真や絵葉書などを参考にし、それから詩や短歌、あるいは俳句を作らせた。作文は長い時間をかけて書き上げるが、短詩系作品の場合、閃《ひらめ》きやインスピレーションが大事なので、比較的短い時間で作ることが可能である。

それで、コンクールの締め切りが近づくと、朝堅は生徒たちに自宅から写真や絵葉書を教室に持って来てもらった。そして、通常の勉強時間を半分にし、残りの半分はそれらを見て作品を作る時間に充てた。

写真や絵葉書を見てすぐに作品を作れる生徒には添削だけをしたが、それができない生徒には、資料を見ながらまず文章を書くように指導した。そして次に、書いた文章をもとにして詩や短歌、俳句を作らせた。

生徒が作文を書き上げていく過程で、則子は朝堅にアドバイスを求めることがあった。それは、朝堅に力があったからではなく、則子にはどうにかして生徒を入選させたいという強い思いがあったからだ。そのため、もし自分では思いつかない良いアイディアが朝堅にあったら、生徒の作文に反映させようと思っていたのである。

則子が朝堅にアドバイスを求めたのは、作文の最後の部分が多かった。どう作文を締め括るかという、もっとも肝腎なところである。則子はずっと作文に関わっているので、どうしてもありきたりの結びしか思いつかない。そこへいくと朝堅は初読なので、かえって斬新なアイディアを思いつくかもしれないと期待したのだ。事実、あっと驚く良いアイディアが閃くこともしばしばあって、さすが朝堅だと則子は嬉しくなり、ぐっと唇を嚙みしめることもあった。

財団主催のコンクールの魅力は、すぐれた作品は財団発行の『地球に学ぶ——海外子女文芸作品コンクール作品集』という冊子に掲載される点だ。賞の中で最上位は文部大臣奨励賞だが、その他にも九つほど別の賞があって、すべて冊子に載る。

その次が特選で、小一から中三までの学年ごとに選ばれるのではなく、全学年から四、五点が選ばれる。これらも全部、冊子に載る。

次に優秀作品で、各学年から二〜五人が選ばれる。これらも作品集に掲載される。作文の場合、全世界から各学年五百人前後の応募があるが、その中から平均五人くらいが冊子に掲載される。それはとても名誉なことだが、いかに難しいか、応募の数を見れば分かる。

次に佳作だが、入選者には盾と賞状が贈られてくる。こちらのほうも、各学年五百人の中から三〜五人であり、これも難しいといえる。

このように、財団の文芸作品コンクールには応募者が大勢いるので、入選するのは難しい。しかし、頑張って何かの賞をもらえれば、生徒たちにとっては励みになり、一生の思い出となるだろう。賞をもらうと生徒も喜ぶが、親たちも我が子に期待した。則子と朝堅も、コンクールの時期が近づくと、生徒たちに頑張るよう呼びかけた。

コンクールの当初は入選者が少なかったが、年々増えていった。火曜教室では、日本語学校を通してコンクールに応募しているので、入選した者は日本語学校の校内新聞「はなみずき」に氏名が発表される。そのほとんどが火曜教室の塾生であるから、親たちはみな、教室の指導力がいかにすぐれたものかを感じていた。

入選者を多く出した学校には、学校賞が与えられる。日本語学校は毎年学校賞をもらうようになり、校長は自分の指導力が功を奏したと自慢げに吹聴したが、入選者のほとんどが火曜教室の出身者であることを知らなかった。

火曜教室では、塾が始まった当時から小学校高学年の生徒もいたが、彼らが六年生になった時、保護者の間から中学部の開設を希望する声が上がった。朝堅のほうは、もし他にも希望者がいるようなら引き受ける気でいたが、望む声が多くなったので了承した。

しかし、中学部は朝堅が一人で教えるため、授業時間は小学部の授業が終わる八時から十時までとした。その時間は、則子は生徒の宿題やその日に実施したペーパーのチェックに充てた。勉強だけではなく、作文の指導を通じて日本語の教育を大事にする火曜教室の存在は、徐々に人々の間で評判になり、バージニア州側にも分校を作ってほしいという運動が起こった。火曜教室はメリーランド州のベセスダの教室で行なっていたが、バージニア州側から通ってくる生徒も数名いた。火曜教室の開始は六時だが、バージニア州の生徒は環状線を使って来るため、ラッシュアワーにぶつかると半時間くらい遅れることはしばしば起きた。

そこで、バージニア州の親たちが中心となって、分校設立の運動が起こった。発起人が朝堅と則子に引き受けてくれるかを打診してきたが、二つの条件が満たされれば引き受けることにした。一つは、小学部と中学部の両方の生徒が集まるかどうか。二つには、教室を置く場所が確保できるかどうかだったが、二つともクリアできたので、引き受けることにした。

バージニア州の分校は、木曜教室と名付けた。授業が木曜日に行なわれるからである。なお、木曜教室の設立にも、朝堅の勤務先である銀行の許可が必要であった。火曜日の午後五時退社も容易ではなかったが、木曜日もとなると、銀行はなかなか首を縦に振らなかった。

朝堅が粘り強く交渉を重ね、銀行が渋々許してくれたのは、朝堅に対する評価が高かったからだ。日本の国内事情に通じているので、日本の経済状況をつかむのにはうってつけの存在だった。銀行がグローバル化の方向に進むために、朝堅は必要な人材だと判断されたのだ。

木曜教室の生徒も、火曜教室と同様、海外子女教育振興財団のコンクールに参加した。すると、日本語学校のコンクールでの入選者は、前よりはるかに多くなった。その結果、ワシントン日本語学校はコンクールでの入選者を毎年多数輩出した。入選者の総数で一番多かった時は四十二人もいたが、そのうち火曜、木曜教室に通っている生徒が三十八人を数えた。

四十二人の入選者を出すと、学校新聞の「はなみずき」には入選者がずらりと並び、まさに圧巻であった。校長は鼻高々で、さも自分の手柄であるかのように振る舞ったが、それに異を唱える者がいた。監理運営委員会の委員長である。この委員会は学校運営の最高機関だが、その委員長がこう言った。

「入選者のほとんどは、火曜教室と木曜教室に通っている生徒ではないですか。そこの二人の先生がコンクールに向けての指導をしっかりと行なっています。日本語学校は二人の先生の指導のおかげで学校賞をもらったのですから、せめて二人の先生に学校から感謝状を出すべきです」

この二つの教室の噂は、これまでにも時折、校長の耳にも入っていた。だが、入選者四十二名中、三十八名が両方の塾生であるとは寝耳に水だった。校長は従わざるを得なかった。

じつはこのエピソードには裏がある。校長に感謝状のことを提案した委員長も、二人の息子を火曜教室に通わせていたからだ。委員長にしてみれば、自分の手柄みたいに振る舞う校長に反省を促し、感謝状を出させるのは当然のことであった。

当時、日本語学校の事務局は大使館の中にあった。ある日、突然何の連絡もなしに、校長が受付の則子のところに来て、感謝状を手渡した。

「とっても嬉しいです。これからも生徒の作文指導を頑張ります」

突然のことで則子は驚いたが、素直にお礼を述べた。

帰りの車の中で、則子はその感謝状を朝堅に見せた。朝堅も驚いたが、嬉しさがこみ上げてきた。これまでやってきた努力に対し、たった一枚の紙ではあるが、感謝の気持ちがずっしりと伝わってくるようであった。これまで、生徒たちは賞状や記念品をもらっているが、指導してきた二人は何ももらっていなかった。それだけに、二人は子どもに返ったような気持ちになって、いいものをもらったと嬉しく感じた。

朝堅は銀行に入行したばかりの頃、土曜日になるとアメリカ議会図書館へ行き、博士論文の資料集めをした。そこへ、火曜教室がスタートした。塾の主軸はあくまでも則子であり、朝堅は補助的な存在であった。それゆえ、土曜日は博士論文の準備に向けることができた。

夫婦で力を合わせて頑張ったので、塾は発展していった。中学部もでき、高校の部も少人数だが開設された。中学と高校は朝堅が担当した。その後、火曜教室の好評によって、バージニア州に木曜教室がスタートした。生徒数も火曜教室と同じくらいになり、二つの教室を合わせると百人を超えていた。長い道のりであったが、今では確固たる土台を築き上げたと自負できた。

しかしながら、ひとつ大事なことが抜け落ちてしまった。それは朝堅の博士論文である。塾がこれほど大きくなった今では、まったく論文を書くための時間が取れなくなっていた。

博士論文の完成が遠のいていく中で、朝堅は一抹の寂しさを感じていたが、一方では日々の生活に全力投球をしているという充足感があった。夫婦共に正規の仕事がありながら、副業として二人でやっている塾が、人々の信用を得て発展していくのは生活の励みとなった。

もう一つ、朝堅は子がいない寂しさを感じた。弟には子があるが、長男の自分にはいないという寂しさである。

子は作らなかったのではなく、神からの授かりがなかった。その点、塾で生徒と接することは、親の苦労や喜びに似た体験をすることができ、ありがたいと思っていた。

日本からワシントンに赴任して来ている人々は、週末にはゴルフやテニスで余暇を楽しんでいる。しかし、朝堅と則子にはそういった余暇がなく、塾の準備や作文の指導などに明け暮れていた。大変ではあったが、二人は楽しく語り合いながら乗り越えていった。

毎年四月に新学期がスタートすると、則子と朝堅は財団主催のコンクールに向けて生徒を頑張らせていた。その年のコンクールは第十回記念として、作文、詩、短歌、俳句の各部門で文部大臣賞を受賞した生徒が、東京での表彰式に招待されることになっていた。

作文で文部大臣奨励賞を受賞したのは、則子が指導した木曜教室の小二の女子であった。表彰式には本人と保護者の一人が同行できるので、二名分の航空チケットが送られてきた。作文の題は「リトル・ティーチャー」で、次のような内容であった。

一人の女の子が現地校のクラスで、「日本とアメリカのちがい」というビデオを見る。ビデオを見終わってから、生徒は女の子にいろいろと質問をし、女の子はそれに答えていく。するとクラスの生徒は、日本について興味を持つ。次の日は先生から、折り紙の折り方を教えてと頼まれると、女の子は「きつね」と「ふうせん」を教える。

みんなで作った風船をふくらませ、嬉しそうに飛ばす。色とりどりの風船が、しゃぼん玉のように教室中を飛ぶ。女の子は汗びっしょりになる。そして、アメリカの友達に、日本のことを教えるのは大変なことだと理解させる。

女の子が帰る時に、先生が「今日は本当にありがとう。ユーアー・リトル・ティーチャー」とお礼を言う。すると、みんなも、「サンキュー・リトル・ティーチャー」と言った。

作文の結びは、「わたしは、とってもうれしくなって、これからもどしどし、日本のことが教えられるよう、がんばろうと思いました」というものである。

その東京での表彰式には、則子も自費で同行した。表彰式で則子は、女の子と二人並んだ姿を記念撮影してもらった。則子はその時、お気に入りの服を着ていたが、朝堅はその写真を大きく引き延ばして自宅の壁に飾った。

四年後の第十四回のコンテストでは、則子の指導した男の子が、また作文で文部大臣奨励賞をもらった。「ぼうし」という題である。男の子は、そのコンテストの一年前に火曜教室に入塾していたが、四歳の頃から白血病と闘っていた。

男の子はどう白血病と向き合っているかを作文に書いた。

今までは、男の子の頭には毛が生えていたのに、強い注射をしなければいけなくなると、毛が抜け落ちていく。それで仕方なく、帽子をかぶって学校へ行く。頭に毛がないことは、とても恥ずかしいからだ。

男の子は、現地校のクラスに行く時、帽子をかぶる。しかし、学校で帽子をかぶるのは、本当はいけないので、母親が前もって先生に頼んでおいた。担任の先生はクラスで、その男の子が白血病であることを伝える。そして、

「彼に、しつ問はありませんか」

と聞く。四人の生徒が手をあげ、みんな同じ質問をする。

「どうして、ぼうしをかぶっているの?」

男の子は、わけを教える。すると、また一人が手をあげ、

「これでさい後にするから、一回だけ見せて」

と頼む。男の子はしばらく考え、帽子を脱いで見せてあげる。その後も質問が続く。

昼休みになり、事情を知らない隣のクラスの男の子が、男の子の帽子を取る。

「こら、取るな!!」

と男の子が叫び、クラスメートの男の子が帽子を取り返す。

学校では、帽子をかぶってランチを食べてはいけないので、カフェテリアで帽子をかぶってランチを食べていると、わけを知らない先生が、その男の子の帽子を取ろうとする。男の子は、いちいちわけを話さなくてはいけなかった。

そういうつらい目にあっていると、ある日テレビを見ていたら、大人の女の人が画面に映った。頭はお坊さんみたいにつるつるになっているが、きれいな人である。そして、明るく楽しそうに笑っている。

男の子はいつも、学校で誰かに帽子を取られないだろうかとドキドキしていたが、テレビを見て、「そうだ。かみの毛がなくなったって平気だ!! それより早く病気をなおそう」と気づく。

以上が作文のあらましである。男の子は受賞を喜び、勉強も頑張った。そして、しばらくしてワシントンを去り、日本へ帰った。

日本の医療は進んでいるので、白血病は治るものとばかり思っていたら、しばらくして、その子の訃報が届いた。日本に帰国していたその男の子の友人たちは葬儀に出席し、その子を見送ったという。それは新聞でも報じられ、則子とその子との触れ合いにも言及していた。

則子と朝堅の家には、日本から取り寄せた仏壇がある。則子は毎朝亡くなった両親、そして若くして亡くなった弟にお茶を供えていた。男の子の訃報以来、しばらくの間、則子は線香を立て、声をあげてその男の子に語りかけていた。

最盛期には火曜教室と木曜教室の塾生が合わせて百人を超える大所帯だったが、新たにワシントンに進学塾が設立されたことで、次第に縮小していった。

則子と朝堅は、これまでに新聞広告などで教室を宣伝したことはない。二人にはれっきとした本業があり、塾はあくまでも副業だった。いわば二足の草鞋《わらじ》を履《は》いて目いっぱいやっているので、進学塾と張り合って生徒の数を増やそうとは考えなかった。それでも、二人は両方の仕事に全力投球をし、手を抜くことはなかった。

進学塾では、作文指導は行なわないので、文芸作品コンクールの入賞者は例年どおり、ほとんどが火曜教室と木曜教室の塾生たちだった。ワシントン日本語学校は土曜日一日だけの補習校なのに、世界に点在する全日制や補習校の日本人学校で、学校賞の栄誉に一番多く輝いた。

土日も返上して働き詰めの二人だったが、やがて定年を迎え、退職した。年齢の関係で先に則子が退職し、朝堅の退職は三年ほど遅かった。

しばらくは、朝堅が一人で勤めに行く日が続いた。朝堅がガレージから車を出し、家の前を通過していく時、小高い場所に建つ家の玄関から、則子は手を振って夫の出勤を見送った。

朝堅は銀行を退職した後、日本語学校から請われて教鞭を執ることになった。以来十年間、日本語学校で国語や作文指導、そして小論文を教えることになった。

朝堅が出勤する時はいつも、則子は玄関から手を振って夫を見送った。結婚してから二人はいつも共働きであったから、定年後初めて則子は専業主婦になったのである。朝堅はひと昔前の妻に見送られて出勤する夫の晴れやかな気分で、胸を張ってハンドルを握ったし、則子は夫を見送る主婦のしおらしさに心が揺らいでいた。

ある年の海外子女文芸作品コンクールで、則子は火曜教室に通っている小五の男子生徒の作文指導に力を入れた。作文の題は「たんぽぽの底力」という作品である。

たんぽぽという植物は、アメリカでは雑草と見なされている。庭の芝生にたんぽぽが咲いていると、雑草として刈り取られてしまうのである。ところが、作文を書いた男の子は、ごみ箱に捨てられたたんぽぽに目を向ける。翌日から毎日、たんぽぽを見ていると、はじめは萎《しお》れていたたんぽぽが力強く生きている。その様子をしっかり観察し、見て学んだことを作文に書いた。

朝堅のほうでは、中三の男子生徒の作文を指導した。題名の「ウィッシュ・ボーン」は、鳥類の首の後ろの二股状に分かれた叉骨《さこつ》のことである。食事の際に、ニワトリや七面鳥を丸ごと焼いたものが出されたとする。食後、皿の上に残ったこの骨を、子どもたちが二人で引っ張り合い、長いほうを取った者の願い事が叶うという言い伝えがあって、縁起の良いお守りとして大事にされるという。

生徒の父親は日本の会社を辞めて一家で渡米し、アメリカの弁護士資格を取るための勉強をしていた。一家は感謝祭の日に、父親の友人である弁護士一家に招待された。

そこで、父親はウィッシュ・ボーンのゲームで、長いほうの骨を取った。その後、父親は勉強を頑張り、弁護士の資格を取得して、今ではアメリカで弁護士として活躍している。

ウィッシュ・ボーンの言い伝え、友人の励まし、父の頑張り、それらに男子生徒は感化を受け、自分もしっかりした目標を持ち、それに向かって努力をしようと思う、という内容の作文であった。

この作文のコンテストで一位に輝いたのは、則子が指導した「たんぽぽの底力」であった。朝堅が指導した「ウィッシュ・ボーン」も二位となり、夫婦で一位と二位の生徒の作文指導者になったのである。こういう栄誉は初めてであった。

朝堅は則子の作文の指導のすばらしさに脱帽であった。ごみ箱に捨てられたたんぽぽは、はじめは萎れていたが、力強く生きている。則子は日記を書いた男の子を励まし、そこから学んだことをしっかりと作文に書くように指導したのである。

これまでに則子はどれだけの生徒の作文を指導してきただろうか。そして、その土台となる日記をどれだけチェックしてきたか。大使館時代、他の女子職員がレストランで談笑しながら昼食を楽しんでいた時、則子は手弁当を手早く食べてから生徒の日記をチェックし、赤ペンでコメントを書き入れていたのである。「たんぽぽの底力」で一位に輝いた則子に、いまさらながら朝堅は頭を深く垂れていた。

父母のこと

朝堅の人生で一番長く付き合ったのは妻の則子であり、思い出は果てしなく続いた。ひと寝入りして目が覚めたが、再び目を閉じると弟の守のことが思い浮かんだ。

沖縄にいる弟からはよく電話がかかってくるが、身内の近況やスポーツの話題が多い。

「今日、お墓に行ってね」

そう切り出す時があった。墓に行くのは清明祭《シーミー》とか盆の時であるから、それ以外に行ったということは、それなりのわけがあったんだなと思った。

「お母さんのことを思い出してね」

と話し始めた。五十年以上前に母は亡くなっている。やさしい母だったので、情に厚い弟は、七十の半ばを過ぎても亡き母の面影が目に浮かび、一人で墓参をしたのだろう。

「草が相当伸びていてね、鎌を持っていって刈ったんだけど、大変だった」

「ご苦労さん、お母さん、喜んだと思うよ」

朝堅は弟を犒《ねぎら》った。

身体の不自由な娘を持ち、妻も心臓が弱く、両者の健康に絶えず気を配りながら、五十年以上も前に他界した亡き母のために墓参に行くのである。弟の慈愛の深さが、沖縄と熱海を結ぶ電話を通して、ずっしりと伝わってくるようだった。

弟からの電話がきっかけとなり、朝堅も母の面影に浸っていると、幼い頃の思い出のひと齣《こま》が蘇ってきた。

朝堅が小学校低学年の頃、実家は店を営んでいた。母は東京でミッション系の女学校を出ているので、讃美歌はよく歌っていた。それで、秋の終わり頃から、店番をしながら子どもたちに讃美歌を教えていた。

何遍も繰り返し歌うので、朝堅はその中のいくつかを諳《そら》んじて歌えるようになっていた。

年末の音楽の時間に、先生が生徒たちにこう言った。

「ここに飴玉《あめだま》があります。前に出て大きな声で歌を歌ったら、飴玉を一個あげる」

戦後間もない頃、飴玉は貴重なものであった。みなが手を挙げて、知っている歌を歌い出した。ほとんどが童謡だった。誰かが歌うたびに飴玉は少なくなっていくが、まだビンにはかなり入っていた。

生徒たちは目を白黒させて、何か歌える歌はないかと思い出そうとした。そんな時、朝堅が手を挙げて、

「何でもいいですか」

と先生に聞いた。

「歌なら何でもいいよ」

先生が答えたので、朝堅は歌い出した。

まず、讃美歌の「きよしこの夜」を歌った。歌い終わると、朝堅はまた手を挙げて、次は「もろびとこぞりて」を歌った。その後も、たて続けに讃美歌を三曲歌った。

当時は、まだ讃美歌は広く知られてなかった。テレビやラジオもない頃で、朝堅が住んでい

る普天間には教会がなかった。他の生徒は、朝堅が歌う耳慣れない歌を、首を傾《かし》げて聞いていいた。しかし、先生は朝堅の歌に合わせて首を上下に動かしたり、手で拍子を取ったりしている。

ので、何かの歌には違いないのだろうと思いつつも、半信半疑なので、

「先生、朝堅の歌っているのは、〝歌〟なんですか」

と聞いた。先生は、

「そう、〝歌〟です。日本にはお坊さんがいて、その教えは仏教だね。アメリカやヨーロッパでは、神様がこの世に子どもを送ったとされる。その神の子がイエス・キリストで、イエス・キリストの教えがキリスト教だ。イエス・キリストは十二月二十五日に生まれたんだけど、その前の日がクリスマスイブだ。さあ、神様の子を迎えるぞという歌が、今朝堅が歌った『聖《きよ》しこの夜』なんだ」

と生徒に説明した。

朝堅はたくさんの飴玉をもらったので、もらっていない生徒に分けてやった。先生は残った飴玉を全員に配った。その後で、先生は「聖しこの夜」の歌詞を黒板に書き、みんなで大声を張り上げて歌った。

朝堅は家に帰り、学校での出来事を母に伝えた。母はにこにこしながら耳を傾け、

「すばらしい先生ね」

と言った。朝堅は母が自分の先生を褒めたので、とても嬉しかった。朝堅もその先生が大好きだったからだ。

また、これよりも前のことだったか、こういうことがあった。父興尚は普天間で初めて店を開いたが、はじめは看板もなかった。そのうちに、「伊波商店」という横書きの看板を父がペンキで書いて、店の入り口の屋根の上に掲げた。

しばらくして父は、母に店で売っている野菜の絵をペンキで大きく描いてほしいと頼んだ。店の端に飾るのだという。母は一度は断ったが、父に宥《なだ》め賺《すか》され、渋々引き受けた。

父はどこからか、軍の使い古しのペンキを取り寄せていた。まず、母は店の戸と同じくらいの大きさの板を使い、バックにベージュ色のペンキを塗った。その上に人参、大根、トマト、キャベツ、イモなどを描いていった。

はじめは鉛筆で輪郭を描き、その上にペンキを塗っていった。母は作業をゆっくり進めている。朝堅は学校から帰って、絵がどうなっているかが気になってたまに見に行ったが、いつもあまり進んでいなかった。結局、見ていてつまらなくなり、外遊びに出かけていくのだった。

そうこうするうちに、とうとう絵が描き上がった。学校から帰ると、みなはそのペンキ絵を見て、話し合っていた。本物そっくりだとみな褒めている。朝堅もそうだと思い、初めて絵をじっと見てみた。野菜は一つひとつ丁寧にそっくりに描かれていた。本物よりも巨大に描かれた野菜の堂々とした迫力に、朝堅は圧倒された。

朝堅は学校から帰り、野菜の絵を見に行っては、ペンキを塗る母の姿に飽き飽きして外に遊びに行ったことが恥ずかしかった。

母が寄ってきて、じっと絵に見入る息子に聞いた。

「どう、この絵」

「うまいと思うよ」

言葉少なに答えた息子の感想が、母の胸にずしんと響いた。ここがいい、あすこがいいと褒め言葉を並べる大人の讃辞より、母は息子の口から出てきた短い言葉に心が揺らいだのである。

朝堅は学校へ行く時、家を出て一目散に道を駆け下りていったが、帰ってきた時は、家に入る前に母が描いた野菜のペンキ絵の前にしばらく立ち止まり、じっと見てから家に入った。

そのペンキ絵は朝堅に、これまでになかった美しいものの存在を気づかせていた。人参そのものを見ても美しいとは思わないが、大根、人参、トマトのペンキ絵は、本物の野菜ではないが何となく奇麗なのである。

母が描いたペンキ絵は、朝堅がこれまで持っていた美しいものに対する幼な心の芽生えに、ほのかな刺激を与えていた。

朝堅が二階に上がる時、西に向いている窓から沈んでいく夕日を眺めることができた。これまでは、ただ奇麗だと見蕩《みと》れるだけだったが、母のペンキ絵を見た後は、今日の夕焼けはどれだけ奇麗か、自分で等級を付けたりするようになった。また、夕日が沈むどのくらい前が全体として奇麗か、などと考えたりした。

朝堅は幾日か夕日をじっくり観察してから、この美しい夕日を母に見せたいと思った。母がこの夕焼けの空を二階に上がる階段から眺めている姿を、朝堅は見たことがない。夕方は店の忙しい時間帯なので、母は客との対応で忙しいからだ。

ある日、今日の夕日はとても美しくなるぞと思って、朝堅は母を呼びに行った。しかし、母は忙しそうに客と対応していた。

「夕日がきれいだから、すぐ見に来てね」

朝堅はそう言って二階に上がった。

しばらく待っても、母は二階に上がってこない。夕日はどんどん沈んでいく。やがて沈み終わり、夕焼け雲の輝きもなくなった時、ようやく母は上がってきた。

「もう沈んじゃったよ。とっても奇麗な夕日だったのに」

朝堅はすねたようにつぶやいた。

「悪かったね、遅くなって。堅ちゃんの気持ち、ありがとう。嬉しかったよ」

そんな母の声には耳を傾けないで、朝堅は日が沈んで暗さを増していく空を見つめていた。

母の思い出の中で、朝堅の脳裏に強く焼き付いているのは、二十歳にもなっていない若い物乞いの娘と母が並んでいる姿である。ある日の昼前、その娘は四つ角の左の方から歩いてきて、店の前に立ってこちらのほうに身体を向けた。

店番をしていた女性店員は店の奥に駆け込み、

「奥さん、またあの娘が来て、こっちを見ています。なんにもあげないでください。あげると癖になって、また来ます。何もあげなければ、諦めて別のところに行きますからね」

母はそれを聞くと、

「何か朝の残りものがあるでしょう」

と言って、朝の残りのご飯の中におかずを入れ、少し大きめのおにぎりを作り、娘のそばへ行った。そして娘と向き合い、おにぎりを差し出した。娘は両手で受け取り、母の方を見た。

「ありがとう」とも言わず、母を見つめた。二人はほんの一瞬見つめ合ったが、娘はすぐ下を向いた。

「またおいでね」

母は言葉をかけたが、娘は何も言わずにくるりと背を向け、元来た道を引き返していった。

「奥さん、あんなことをすると、また来ますよ。何回来ても何ももらえないと分かったら、もう来ませんからね。今度来たら、そうしてくださいね」

女性店員は母に愚痴をこぼした。それからはその娘が来ると、母は女性店員には言わないで、自分でおにぎりに残りものを入れて渡していた。

しばらく経って、毎日来ていた娘が来なくなった。ある時、ふとそれに気づき、朝堅は母に、

「あのひと、近頃来なくなったね」

と聞いた。

「そうね、身体の具合が悪いのかしら」

母はそう言って、寂しげな表情を見せた。知り合いの安否を気にするかのような様子だったので、朝堅は一瞬戸惑った。

そんなやさしい母のイメージとは違い、父は粗野であった。朝堅が小学校低学年の頃、伯母と母が組になり、父とよく激しい口論をした。父が「出ていけ」と怒鳴り、伯母と母は子どもたちを引き連れて家を飛び出し、近くの知り合いの家に身を寄せた。

そこで、お茶やお菓子をご馳走になり、ほとぼりが冷めると、一行は家に戻った。前みたいな口論は再発しないで、冷ややかな雰囲気の中に家庭生活は続いていった。

あの当時、朝堅は幼かったので、何が原因で口論になったかは分からなかったが、原因は父の浮気だったようだ。

普天間で初めて店を始めた興尚は、店を開いたのはいいが、売る品物がなくて、何をどう仕

入れるかが問題だった。

普天間から西へ少し行った小高い場所に、野嵩《のだけ》という村があり、そこに飴を作っている店があった。朝堅は一度か二度、お遣いに行き、そこで飴を手渡されたことがある。

その家は二間に分かれていて、左側は飴を売る店で、右側は別の人が住んでいた。そこに興尚の浮気の相手がいたようだ。興尚は飴を仕入れに行き、隣に女性がいたので懇《ねんご》ろになっていったのかもしれない。

飴をもらいに行ったらそこにしばらくいて、お父さんが来るかどうかを見てこい、と伯母から言われていたような気がする。伯母は策士なので、何らかの魂胆があって、朝堅を飴売りの店に行かせたと思う。

また、それと関連した記憶の中に、こういうこともあった。ある日、父に連れられて那覇へ行ったことがあった。おそらく店の商品の仕入れか何かであろう。途中、なぜか朝堅は父と一緒に映画館に入った。大入り満員だったので後ろで立って見ていると、父が、

「ここにじっとして、見ていなさい。お父さんは用事で外に行ってくるから」

と言い残して、映画館を出ていった。スクリーンには、現代とは違う、古い時代の服装の人たちが動いていた。当時は何を見ているか分からなかったが、大人になって推測すると、黒澤明監督の「羅生門」だったような気がする。

父はその時、浮気相手の女性に会いに行ったのではないかと今は思う。父は浮気のことで、家族と諍《いさか》いを起こした。そこで一計を案じ、その女性と別れると言って家人を騙《だま》し、女性を野嵩の田舎村から那覇の映画館の近くに移したのではなかったか。

父の法要の時、朝堅は弟妹から父の浮気相手の女性について、知らない話を聞かされた。彼女は父と別れ、南米に移住したという。朝堅は一連の話を聞きながら、父の浮気の始末は伯母がつけたのだと思った。

朝堅は幼い頃から、自分の父は浮気をし、悪いことをしているというイメージをずっと抱いてきた。興尚はそれを気にし、少しでも打ち消そうと朝堅に、

「山ニン縁《フチ》ニン、ワラベー産メェー」

(山にも縁にも子どもを産め)

という言葉を口にした。どんどん浮気をしてもいいから、子どもはしっかり作れという意味である。正妻だけでなく、浮気の女性にも子どもを産ませた興尚は、自ら実行していたといえる。

幼い頃の思い出は個々別々に派生し、順番もどうなっているか分からないことが多いが、こういうこともあった。

祖母は、朝堅が生まれた時にはすでに他界していた。その祖母の二十五年忌の法要が朝堅の

幼い頃にあった。親戚が集まったところで、父は供養を始めた。父は準備していた原稿を読み始めた。

長い朗読が続き、終わりが近い頃になり、母が帰ってきた。当時、母は軍用地の中で小さな売店を営んでいた。普天間神宮の裏側に軍用地があり、軍は住宅を建てる計画を立てた。工事中、売店が必要という情報を興尚は入手した。母は英語が話せるので、父は母に軍との売店設立の交渉をさせ、成功した。

工事に携わっている沖縄人の従業員相手に、昼食や飲みものを販売するのである。売店には女性従業員を二人雇い、現場の監督官やアメリカ人の要人は母が対応していた。

祖母の二十五年忌の法事の日、母はいつもより早く店を閉めて家に向かった。ところが、家に着いた時、法事は終わりに近づいていた。

「遅くなりました」

言い訳をして末席に座ろうとしたら、父は読みかけていた原稿を母に投げつけた。

「みなが法事で集まり、供養のためにそれぞれの思いを亡き母に向けているのに、こんなに遅れてしまうとは、なっていない！」

母は父が投げた原稿を拾い、

「本当にすみませんでした」

と言い、父に渡した。

父の怒鳴りつけの茶番劇はそれで幕を閉じ、父は法事の原稿を読み続けた。

朝堅は法事中の椿事《ちんじ》に驚いた。原稿を投げなくてもいいのにという思いはあったが、あきれたのは、父がその激しい怒りを母の詫びのひと言で納め、投げ捨てた原稿を受け取ると何事もなかったように読み続けたことである。

朝堅は途切れ途切れの記憶の中で、こういうことも思い出していた。店は小売店からスタートしたが、あちこちに小さな店が開店していったので、そういう店に品物を売る卸商を始めた。そのために必要なのは自動車であった。父は母の英語力を使い、軍からアメリカ製の自動車を購入した。後ろがオープンになっているフォード社製の自動車である。

併せて、運転手も雇った。名は親泊《おやどまり》政吉といい、格好の良い青年だった。外回りの番頭が小売店から注文を取ってくると、その車で配達をした。朝は母の飲食店に母や従業員を乗せて物資を運び、店が終わるとその車で一行の引き揚げをした。

父は週に一度は車に乗り、那覇に品物の仕入れに行った。ある日、那覇へ向かう際に父は助手席に座り、用足しに行った運転手が戻るのを待った。

しかし突然、運転手がいないまま、車は動き出したのだ。四、五十メートル走った後で、車は停まった。

車が勝手に動いたのではない。助手席に座っていた父は、何を思ったか運転席に座り、あっちこっちを触っていたら、車がいつの間にか動き出してしまったのだ。

車が突然動き出したので父は驚いたが、車を停める方法が分からない。あっちこっちいじくっていたら、なんとか車は停まった。

用足しから帰った運転手は、駐車したはずの場所に車がないことに気づき、動いている車を見つけ、慌てて走って追いかけているうちに車は停まった。

いつもはふん反り返っている父が、停まっている車の運転席で青ざめた表情をしていたそうである。

「もう、こんなこと、なさってはいけません」

運転手は大声で叱った。父はしょんぼりした表情で、うんうんと頷いていたという。

母が米軍の施設内でやっている店に、朝堅は学校が休みの日に連れていってもらったことがあった。近くに広い原っぱがあり、軍の施設で建築に携わっている沖縄人の労働者は、野球やバレーボールを楽しんでいた。

「あそこで、親泊さんから車の運転を習っているの」

母が朝堅に話したことがあった。

「お母さん、運転できるの」

「まだ、まだ。こういう人のいないところでは大丈夫だけど、人通りのあるところではまだ運転できないわ」

朝堅にとってはビッグニュースだった。その日、朝堅は家に帰ると、父に、

「お母さん、親泊さんから運転を習っているって」

と真新しいことを伝えるように話した。

ところが、父は何ら驚きもせず、

「知っている」

と言うだけなので、朝堅はがっかりした。そのことはそれ以上、二人の話題として発展しなかった。

いつのことだったか定かではないが、朝堅は幼い頃、真夜中に目が覚め、辺りが真っ暗の中で妙な音を聞いた。ぐつぐつと小さな音が続いている。

小さな部屋で、みんな雑魚寝をしている。耳を澄ますと、父と母が寝ているところから妙な音がしている。何かものを炊いた時に聞こえる音に似ているなと思いながら、いつの間にか寝入っていった。

その頃の思い出は、どれも単発的に出てくるが、大人になってそれらを一つの繋りのあるストーリーに組み立ててみると、こういうことだったような気もする。

母は店が終わって帰る前に、運転手から運転を習っていることを父に伝えた。父はショックだったが、怒るわけにもいかない。しかし、何か心に引っかかる。事前に夫から許可をもらわずに、習い始めてから事後承認を得たのである。

父の心の動揺は他にもあった。運転手はハンサムな男であることも気になるが、二人が妙な関係になっているわけでもなさそうだった。

祖母の二十五回忌の法要で、遅れて帰った母に父が読み上げている原稿を投げつけたのは、単に母が遅く帰ったことを怒ったのではなく、車の運転を習っていたから遅れたのではないかと勘繰っての怒りだったのではないか。

父がそのことに触れなかったのは、見てもいないことなので、口にするのには気が引けたのではないか。口には出せない心の内のもやもやを、吐き出すようにして原稿を投げつけたのではないか。

さらに、車を運転できない父が車を暴走させた事件は、母が運転手から車の運転を習っていることと無関係ではなかったのではないか。自分のできない車の運転を妻はどこまで習っているか。何かもやもやがあって、運転手が用足しに行っている隙に車をいじったのではないか。それは父の大失敗で、母の耳にも入っただろうが、母は父に何と言ったかは分からない。

真夜中に父と母が眠っているところから聞こえた妙な音、朝堅はまだ幼かったので何の音か分からなかったが、大人になって考えると父と母の愛の音だったのだろう。

それは、父が原稿を母に投げた日の夜だったか、父が車を暴走させた日の夜だったかは分からない。浮気をする粗野な父と聖女のような母、そんな二人の間に愛がしっかりあったのだと、朝堅は過ぎ去った遠い昔を、入院している病院のベッドに横たわりながら懐かしく思い出していた。

再退院

胃癌の手術で入院した時は、一か月で退院ができた。食事も少しずつ食べられるようになっていき、食べる量も少しずつ増えていった。歩行も杖なしで歩けるようになり、歩ける距離も伸びた。そして、医師から退院の許可が下りたのである。

しかし、抗癌剤の服用を始めて一週間ほどで、体調がとても悪くなり、脱水症状が出たために再入院しなければならなかった。最初の入院では回復は順調だったが、この二度目の入院では回復が遅かった。

食事の回復よりも、歩行の回復がとても遅かった。初めの入院の時は一か月で杖なしで歩けるようになったのに、二度目の入院ではずっと杖が必要なままであった。しかも、短い距離しか歩けなかった。

ベッドに横になり、目を閉じるとさまざまな思い出が想起されたが、ふと我に返ると、この状態がいつまで続くのかと悲しくなるのだった。そういう時、思い浮かぶのは江利のことだった。

足のことでつらい思いをしながらも、きっと回復すると信じて江利は前向きに生き続けている。それを思うと、朝堅は現状のつらさにじっと耐え、回復を目指して頑張ろうと自分に言い聞かせるのだった。

江利のことを考えると、彼女に寄り添って、精神的に支えている父親の守のことが頭に浮かぶ。妹の照美の夫が白血病を患っていて、朝堅が沖縄へ見舞いに行った時のこと、それは朝堅が胃癌の手術を受ける一年前であった。

朝堅と守一家は昼食をとろうと、一緒にモールへ行った。そこは大勢の人で賑わっていた。江利が用足しに行きたいと言い、守は江利の車椅子を押してトイレに向かった。

だが、見当をつけた場所にトイレがないことに気づいた守は、車椅子を方向転換した。そして、車椅子を押して朝堅たちの前を通り過ぎようとした。

その時、車椅子が朝堅の目に入った。江利は車椅子にゆったり座り、守は車椅子を軽々と押している。周囲は喧噪の中なのに、山中の涼しいそよ風の中を動いているように見えた。

そう思わせる守のすっきりした凜々しい横顔があった。これまでに朝堅が見たことのない弟の横顔である。江利の世話で、何かと日々大変な苦労があるはずなのに、それがすべて消えている横顔なのだ。

目の前を通り過ぎていく親子の後ろ姿を見ながら、朝堅は自分が画家なら弟の横顔の一瞬の静かな輝きをどう描くのかと考えた。絵の才能はないから実際に描くことはできないが、どんな絵にしたらいいかを想像してみたのである。どの画家のような絵がいいか――。

朝堅は夢想してみた。あれこれ有名な画家を頭に浮かべてみたが、フェルメールがいいと思った。車椅子に乗った娘がトイレに向かう。娘が座っている車椅子を父親が手で押す。そのありきたりの光景で、父親の無心の表情や横顔の一瞬の静かな輝きをどう描き出すか。フェルメールならどうするだろうか。

フェルメールの有名な作品に「真珠の耳飾りの少女」と「牛乳を注ぐ女」がある。フェルメールは時間を止めたような手法で切り取った一瞬を天才的に描くといわれている。車椅子を手で押す父親の横顔の一瞬の輝きを描くとしたら、二つの絵のどちらのほうがふさわしいか。

江利を描くとしたら、口唇を緩めたままでまっすぐな眼差しをこちらに向ける「真珠の耳飾りの少女」のような描き方になると思った。

そして、守の横顔の描写は、「牛乳を注ぐ女」のようになるかとも思った。車椅子を手で押す動作は父親の手慣れた日常の行為で、その一瞬の輝きをフェルメールなら見事に描き切るだろうと思った。

晴れ晴れとした表情で戻ってきた江利を見て、朝堅もにこやかに一行を迎えた。朝堅は昼食を食べながら、つい先ほどの弟の横顔を思い出し、一瞬だったがすばらしい表情を見せてくれた弟に心の中で感謝していた。今日見たあの一瞬の輝きはしっかり胸に収めておこうと思った。

「江利は、自分にとって生きていく鏡」

弟はそう言う。弟の他の子たちは自立して立派に生きている。ところが、江利にはそれができず、守の支えが必要である。二人は和して一体なのである。鏡は人の姿を映す。江利は鏡になって、父親を映す。自分がどう生きていくかを映し出す。

朝堅は二度目の入院生活では、杖を使いながら歩行距離を少しずつ伸ばしていった。

歩行練習はリハビリを専門とする理学療法士の助言に従った。はじめは、理学療法士につかまりながら廊下を歩いた。そうやって徐々に歩行距離を伸ばしていった。

ゆっくりだが回復は少しずつ進み、二か月を過ぎた頃から退院の見込みが見えてきた。妹の照美も、朝堅の退院が近くなったので、東京にいる娘のもとから熱海に来て待機した。

リハビリを助けてくれている男性から、退院後は介護サービスを受けた方がいいというアドバイスがあった。病院内にそのことを進めてくれる係の人がいて、朝堅は手続きを依頼した。退院前に、介護サービス事務所のケアマネージャーが病院に来て、朝堅の身体の状態を調べた。その時、照美も同席した。歩行ができるかどうかのチェックをした。

朝堅は両手に杖を持って歩いてみせた。一人歩きはできないが、杖に頼ればどうにか歩けるという状態で、それに応じた介護サービスの手続きを進めてもらった。

それから一週間経ち、退院の日を迎えた。ざっと二か月半も入院していたことになる。最初の退院の際と違って、二度目の退院では一人歩きができず、車椅子に乗っての帰宅となった。

ようやく退院はしたものの、食事はなかなか思うようにいかなかった。よく嚙んでから飲み込むようにしていたが、戻してしまうこともあった。そうしているうちに、身体が受け入れてくれるものとくれないものが分かり、受け入れてくれるものを食べるようにした。

このように退院後の生活はうまくいってはいなかったが、照美は沖縄へ帰らなければいけなかった。沖縄でコロナウィルスの予防接種を受ける日が決まっていて、それに合わせて帰る必要があった。

照美に代わって朝堅の世話をしたのは、介護サービスの人たちだった。介護サービスは週六日、一日に一時間のサービスである。食事の仕度、掃除、買い物などをやってくれる。三人の女性が代わる代わる来てくれた。

サービスに来るのは六十代の女性たちだった。一、二週間仕事をしてもらうと、要領が分かった。こちらが頼んだことを代行してくれるのである。そうと分かると、一番してほしいのは料理なので、それを主たる仕事として依頼し、残りの時間で掃除などをしてもらった。

作った料理はプラスチックの器に入れて冷蔵庫に保存し、等分して食べる。幾種類も料理を作ってもらうので、食事の時はいくつもの料理を小皿に分けて食べていった。

食べ物の買い出しは、介護サービスの人に頼んでもいいが、店への往復も時間に取られ、実働時間が少なくなるので、頼まないようにした。代わりに、同じマンションの住人に買い物を依頼した。住人たちが買い物に行く時、便乗させてもらったり、買ってほしい品物を紙に書いて渡したりした。

介護サービスの女性三人のうち、一人は都合で来られなくなり、二人が交代で来るようになった。二人の女性が合わせて週六回、介護サービスに来た。主に仕事は台所で行なうので、朝堅はキッチンのテーブルの椅子に座り、料理をする女性と雑談を交わした。

一人は六十代半ばの湯川さんで、話題が豊富である。ニュースをよく見ているので、昨今のホットな時事問題に詳しく、それにまつわる話に花が咲いた。湯川さんは他にも身内の話をよくしてくれる。兄は元高校の教師で、数学を教えているとのことだった。大腸癌を患って手術を受けたが、癌は肝臓に転移してしまったため、今は抗癌剤を服用しているが、食欲は旺盛で体重も増えているという。日頃からスポーツをよくして身体作りに励んでいたおかげか、抗癌剤にもうまく適応できているそうである。朝堅は湯川さんからその話を聞き、普段から身体を鍛えておくと、いざという時に見事な対応ぶりになるのだと思った。

また、湯川さんには、癌の手術を近々受けるという娘さんがいた。三人の子の母親で、乳癌の手術を受けるという。そのため、手術の日には介護サービスに来られないと話した。また、手術後に検査がたびたびあるので、娘の夫と子どもたちの面倒も看なければならず、さらにお兄さんの入院もしばらく続くため、湯川さんはいつでも忙しそうだった。

「子どもたちの面倒を看るのは大変ですよ」

そう言いながらも、湯川さんは甲斐甲斐しく働いていた。多忙を極めている湯川さんは、そのうえに毎日ダンシングジムに通っているという。音楽に合わせて踊るジムで、とても楽しいところなのだそうだ。

もう一人の介護サービスは六十歳の田島さんである。結婚して二十年でご主人は心筋梗塞のために他界した。三人の娘さんがいて、ご主人が亡くなった当時、上は大学生、真ん中は高校生、下は五歳だった。娘は三人とも大学で学ばせ、上の二人は結婚してそれぞれ子が二人でき、末娘は現在会社勤めで独身とのことである。

長女はハワイで挙式し、娘と婿がそれぞれの親をハワイに招待したという。朝堅はその話を聞き、じつに健《けな》げな新婚カップルだと思った。

次女にはイギリスへ海外留学をさせ、そこで彼女は英国の男性と恋愛し、結婚した。その後、二人は日本で暮らし、二人の子をもうけている。

三女は大学卒業後、就職した。はじめ東京勤務だったが、大阪へ転勤になった。何かにつけ、母親に電話をかけてくるそうだ。

田島さんはご主人が料理人だった影響もあってか、味付けが上手である。短い時間内に料理を仕上げねばならないから、手早く料理していくが、味加減が絶妙にうまい。

週に一度、朝堅はアスパラガスを茹《ゆ》でてもらっている。一本のアスパラガスを上の部分と下の部分に分ける。同じように茹でると、上の部分は旨みがあるが、下の部分は外側の皮が固くて不味《まず》い。

田島さんは下の部分の外側の皮を包丁で切り落とした後で茹でる。そうすると、口に入れても柔らかさが味わえる。

「ご主人から教わったの?」

朝堅は聞いてみた。

彼女の返答は「いいえ」であった。朝堅は「本当?」とは問わなかった。彼女には、人に教わらなくても、自分で丁寧に料理をするという、粋なところがあるからだ。

朝堅は二度目の入院を終えて自宅に帰り、しばらくするとお盆が近づき、ワシントンでの教え子の母親から、

「奥様のご霊前にお供えください」

と花が届けられた。

花は水を吸って生き伸びているので、萎れないように水をやらないといけない。花を掻き分けて水をやろうとしたが、自分がやるよりは介護の田島さんに任せたほうがいいと思い、バトンタッチした。田島さんは手際良く花を掻き分けて水をやった。

「これ、大塚さんからでしょう」

熱海の生花店の名前を田島さんは言った。朝堅の教え子の母親は東京に住んでいるが、東京の生花店から熱海の生花店を通じ、花を送ってきたのだ。

「私、介護の仕事をする前、この生花店に勤めていました」

田島さんは言った。配達の時、車に花を乗せて送り先に届けて回るが、その時、まだ幼かった三女を自動車に乗せていたという。

その話を聞き、教え子の母親から送ってもらった花は、朝堅によりふくよかな香りを感じさせていた。

田島さんの車に花と一緒に乗せてもらい、熱海を巡っていた田島さんの末娘も、今は社会人となっている。何かの事情で、生花店の従業員から介護の仕事に転じたのだろうが、生花店といい、介護といい、ご主人が亡くなってから細腕一本で相当な苦労をして遺された子らを立派に育てた田島さんに、朝堅は畏敬の念を抱いて感じ入っていた。

六月になると、日本は梅雨の時期に入る。怖いのは集中豪雨である。熱海でもいまだかつてない災害が起こった。伊豆山《いずさん》土石流の未曽有の大災害である。

土石流は逢初川《あいぞめがわ》源頭部の標高三百五十〜四百メートル付近から逢初川を流下し、死者二十七人、行方不明者一人の人的被害、家屋の被害は全壊五十三棟、その他多くの半壊をもたらした。

朝堅は多くの人々から見舞いの電話を受けた。被災地は伊豆山神社の近くである。朝堅の住んでいる場所から近くといえば近くではあるが、距離的には一キロ以上離れている。それでも、遠方の人にとっては、熱海で土石流の大災害という報道には、朝堅の安否が心配であったらしい。

被災地の泥の除去には、大勢のボランティアが参加した。コロナウィルス流行下なので、ボランティアは熱海市の住民が主になり、市外の人々も加わった。

大分経ってから、行方不明者の話が朝堅と田島さんの会話に上り、田島さんが毎週手弁当でボランティアに参加していることを知った。

田島さんは介護の仕事を週五日こなしている。前は週六日働いていたが、今後も長く勤めるには五日にしたほうがいいと考え、土日は休むことにしているという。

そこへ、熱海での未曽有の大災害が発生し、被災された方々のことを考えると、土日だけでもボランティアに参加する気になったとのことだった。朝堅は行方不明者が見つかったという報道に一喜一憂していたが、田島さんがボランティアに参加していると知って驚いた。夫亡き後、三人の娘を立派に育てた彼女の底力にいま一度感服した。

コロナ下の五輪

介護サービスの女性二人の尽力によって、朝堅の体調は日に日に上向いていった。どんなものかも分からないうちに介護サービスは始まったが、心温まるサービスを受け、朝堅は日々感謝の気持ちでいっぱいであった。作ってもらう料理はとてもおいしくて、退院後の回復は順調だった。

半年に一度、身体の回復具合を調べるためにCT検査を受けているが、今のところ癌は転移していないそうである。また、抗癌剤が身体に合わないので服用をやめたが、ＣＴ検査では異常なしという診断だった。

新型コロナウィルスの世界的蔓延により、二〇二〇年開催予定の東京オリンピック・パラリンピック競技大会は一年延期となり、しかも無観客開催となった。世界中の人々は、主にテレビやインターネット中継を通じて競技を観戦しなければならなかった。

それでも、大会が始まると、一年間延期の憂き目にあった各国の選手たちは、自分のため、そして祖国のために、日頃鍛えた力量を思い切り披露した。選手のそのひたむきで真摯な態度は、人々に感動を与えた。

朝堅もテレビの前に釘づけになった。その日の競技日程が掲載されている雑誌を丹念に調べ、見たい競技が重なる時はチャンネルを変えたりして、見損じないように気を配った。

オリンピック開催中の二週間、朝堅はテレビにかじりつき、どっぷりとオリンピックの虜《とりこ》になった。熱心に観戦した朝堅は、閉会式に集まった各国の選手に、開会式とは違った親しみの眼差しを向けていた。

次回のオリンピック開催地はパリ。四年後ではなく三年後である。もう少しすれば、再び観戦することができる。そんなことを考えながら、これまでとは違った感覚で閉会式を見ていた。

オリンピック閉会から約二週間後、次にパラリンピック競技大会が始まった。朝堅は、オリンピックは熱心にテレビで観戦したのに、パラリンピックは全然見なかった。日頃、パラスポーツのテレビ中継があっても、朝堅は見ない。どういうわけか、障害者が懸命に競技に取り組んでいる姿は、苦しく感じられて見ていられないのである。

偶然にパラスポーツの中継がテレビ画面に映っても、テレビの電源を切ってしまうか、別のチャンネルに変えたりする。そういう自分に後ろめたさを感じるが、見ると苦しくてたまらないので、観戦を避けるのである。

チャンネルを違う番組に変えても、その番組に集中できない。先ほどの障害者の姿を思い出してしまうのである。何か良心の呵責《かしゃく》を感じながら、朝堅は違うチャンネルを見るのだった。

オリンピックは心を踊らせて見るが、パラリンピックはまったく見ない。朝堅はそういう自分に後ろめたさを感じ、情けないと思っている。パラリンピックの選手は身体が不自由でも、オリンピックを目指して研鑽《けんさん》を積んできたのである。そういう血みどろの努力を重ねてきた選手の競技を見ずに、パラリンピックの競技中は別の番組を見ていたのである。こんなことでいいのかと思いながら、しかし何も変えずに朝堅は日々を過ごしていた。

そして、パラリンピックは閉会式を迎えた。競技を見なかったことにすまないという気持ちがあって、せめて閉会式だけでも見ようとチャンネルを合わせたが、長続きはしなかった。悪いと思いながらも、別のチャンネルに変えてしまったのである。

パラリンピックが終わり、そんな良心の呵責から解放されたかというとそうでもなく、自責の思いはその後もずっと続いた。

悶々とした思いが続いていたある日、沖縄にいる弟に電話をした。

「パラリンピックはどうだった？」

朝堅が聞いてみると、

「あんまり見なかった」

と守は言うのである。朝堅は重ねて聞いた。

「江利はどうだった？」

「江利もあんまり見ていない」

予想外の答えが返ってきた。意外であった。当然ながら、身体の不自由な者は健常者と同じ条件で競技できない。しかし、ハンデがあってもくじけないで、ベストを尽くして頑張るのだ。なんとなく朝堅には江利の心中が分かるような気がした。障害者たちの頑張りがいやというほど分かるので、自分と比較してしまうのではないか。自分ももっと努力をしなければという自責の念を感じるからではないか。

そして、父親の守も同様に見ていない。守には江利の気持ちが分かるのだろう。江利がパラリンピックの選手の頑張りを喜んで観戦しているのなら守も見るだろうが、そうでなければ江利にならうだろう。

パラリンピックの選手たちは、本人も頑張っているが、親やきょうだいも応援している。そんな一家ぐるみの壮烈な闘いを展開していることが分かるから、それができていない自分に対し、守は父親として内省しているのではないかと朝堅は感じていた。

もしかすると、かつての苦い経験が守の頭の中に根強く残っているのではないか。江利には市役所の正規職員採用を目標に試験勉強を頑張らせた。それが原因かどうかは分からないが、江利は図書館で脳梗塞を発症した。

そういう過去があるので、守は何かを目指しての頑張りを江利にさせなかったのではないか。江利にはとにかく強く生き続けてほしい。

沖縄には「ヌチドタカラ」という言葉がある。「命こそが宝だ」という意味である。守は父親として江利にこれを求めている。とにかく命を大切に、である。

パラリンピックを楽しんで観戦していないからといって、親子の間に葛藤はない。娘はパラリンピックを積極的に観戦したり、声援を送ったりはしないが、父親もそういう娘の心中を理解し、好きなようにさせている。弟の親子関係は、地味であるがしっかり結ばれていると朝堅は実感した。

朝堅は胃癌の摘出手術を終えてから二年経ったが、今のところ癌の転移はない。半年に一度のCT検査を受けているが、目下その徴候はないという。体調も良いので、この状態がずっと続いてほしいと願っている。

不安はまったくないというわけではなく、心の中に抱えてはいる。朝堅の両親も癌を患い、それが転移して亡くなっている。朝堅の身体は両親を受け継いでいるのだ。

朝堅が転移について不安なのは、自分の身体が抗癌剤に拒否反応を示していることだ。周囲に癌の手術を受けた人は多数いるが、ほとんどの人が抗癌剤を服用し、拒否反応がない。

癌手術を執刀した医師は、朝堅が抗癌剤の服用が原因で極度の脱水状態を引き起こし、回復するまで二か月も再入院していたことを知っている。そのため、医師は体調が良くなった朝堅に抗癌剤の再服用を勧めていない。朝堅も服用については医師に相談をしていない。両者とも、抗癌剤に向いていないことを知っているからだ。

なるようにしかならないと思うものの、一抹の不安はずっと続く。胃癌の転移の心配に加えて、別の癌が発生しないかである。抗癌剤は患った癌の転移の予防に効果があるが、新たな癌の発生の予防にもある程度効果があるとされる。

自分の身体がどういうふうになっていくか分からないが、どうなってもうろたえないでいられる覚悟を持ちたいと思う。手術を受けて命を長らえるか、悪性の癌だったら手術はしないで安らかに死んでいくか、その時に決断を下すつもりでいる。

差し当たっての問題は、今この時間をどう生きていくかだ。朝堅は帰国して熱海に住み、打ち込む学問もないので、余暇をのんびりと過ごしてきた。

そういう隠居生活で、朝堅が一番頼りにしてきたのはテレビである。いろいろな番組があるが、一番熱中して見ているのはスポーツ番組である。プロ野球や高校球児の甲子園大会、大相撲、サッカー、バレーボールと多岐にわたるが、スポーツのイベントで最たるものはオリンピックである。

東京オリンピック競技大会には胸を高鳴らせ、テレビを通じて日本の選手の活躍に拍手を送った。通常はオリンピックの開催間隔は四年だが、コロナの影響で次のオリンピックは四年後ではなく、三年後になった。

今の体調から考えて、次のオリンピックのパリ大会はテレビを通じて観戦できそうである。癌の転移、あるいは新しく癌が見つかったとしても、観戦はできそうだと朝堅は考えている。朝堅にとって、観戦できる最後のオリンピックとなるかもしれないので、しっかりテレビで見ようと意気込んでいる。

ところが、パリのオリンピックではパラリンピックも同時に開催される。それを見るか、見ないか。

テレビでスポーツ競技を見ることは好きなのに、パラ競技にはそっぽを向く。罪を犯しているわけではないものの、これでいいのかという良心の呵責が朝堅にはあった。競技が技術的に面白くないから見ないのではなく、見ていると苦しくなるので見ないのだ。

テレビの視聴は、当然ながら好き嫌いで決めていく。朝堅がパラ競技を見ないのは、嫌いだから見ないのだが、死というものの影が近づいている今、パラ競技を好き嫌いで片付けていいのかという疑問が朝堅に出てきた。

そのきっかけは、東京でのパラリンピックを守と江利がどう見たかを聞いたことに端を発した。親娘はあまり見なかったという。そのわけを考えていくうちに、ある仮定を思いついた。たとえばパラ競技の選手が姪の江利であったとしても、果たしてこれまでと同様に観戦しないのだろうか。

いや、もしそうだとしたら、江利の一挙手一投足に真剣に目を向けるだろう。朝堅はテレビに釘付けになり、観戦し続けるに違いない。万難を排してでもテレビで観戦するはずだ。

身内を大切にして、応援する。それは決して悪いことではない。しかし、身内以外には目を向けないというのは、人間として果たしてそれでいいのか。

これは完全なエゴイズムだ。

これまでの自分に真正面から向き合い、朝堅はそう結論づけた。自分のパラスポーツに対するテレビの観戦の仕方は、浅はかなエゴイズムにどっぷり浸かった非人間的な行為だと。

朝堅は東京大会ではオリンピックだけを熱心に見て、パラリンピックには目を向けなかった。パラリンピックのテレビ中継があっても、朝堅は別の番組を見ていた。じつに人として、浅はかでエゴイスティックな態度だった。

そう考えてくると、次のオリンピック・パラリンピックのパリ大会で、両者をどう観戦するか。従来どおりオリンピックだけを見て、パラリンピックは見ないのか。反省して真剣に考えた結果、パラリンピックに対するエゴイスティックな態度を改めて、しっかり観戦しなければいけないという方向に向かっている。

これは単なるスポーツ観戦だけに限らないと朝堅は思った。身内は可愛くても他人は可愛くないというのは人情ではあるが、これをすべての行動の基準としたら大変なことになる。

たとえば、国と国の関係がそうだ。自国だけが可愛い、よその国は全然可愛くないという論法で他国と付き合うと、恐ろしい摩擦が起き、ついには戦争となるだろう。

現在、世界を不安定な状態に巻き込んでいるのは、自国のみを可愛く思い、隣の国を蔑視している国が起こした戦争に起因している。そして、その国のリーダーは自分の判断だけを正しいと信じ、自分こそ愛国心に燃えた英雄だと自画自讃している。

朝堅は、これまでパラ競技に目を背《そむ》けてきたのは、エゴに起因していると気づき、次のパリ大会ではパラリンピックもしっかり観戦しようと意気込んでいる。しかし、そう簡単に気持ちを切り替えられるものか。

いきなりパリ大会のパラリンピックから観戦を始めるのでは拒絶反応も大きいだろうから、今から少しずつ目を慣らしていこうとしている。実際、これまではテレビでパラ競技が放映されると、違うチャンネルに変えていたが、今は苦しくても見続け、楽しさがなくてもパラ競技を我慢して見ている。脂汗を掻きながらでも、チャンネルを変えないで見続けている。

他の人々は平気な気持ちでパラ競技を観戦しているのに、どうして朝堅にはできないのか、自問自答を試みた。

いろいろ考えて、ひょっとしたらと思うことがある。朝堅がまだ小さく、小学校に進んだか、進んでいないかという頃、もしかしたら動物を虐待したことがあったのではないか。そういう考えがふと頭に浮かんだことがあった。

その頃、家は店を営んでいた。店は十字路の角にあったが、そこから町外れの二百メートルの場所に叔母の家があった。

朝堅は叔母の家によく遊びに行った。弟も一緒だったという記憶がないから、弟はもっと幼かったのだろう。叔母夫婦はにわとりを放し飼いにしていた。中にはひよこもいたであろう。

朝堅は庭を歩き回るにわとりやひよこを見て、追いかけたり、それが立ち止まったりすると、「わっ」と大声をかけて脅したりして、逃げ回る様子を楽しんで見ていた。

ある朝、朝堅が驚かせて逃げ惑うにわとりやひよこを見ていたら、一羽のひよこが他のひよこと一緒に逃げることができず、よちよち歩きをしていたとする。

その時、朝堅は細長い棒か何かを持っていて、よちよち歩きのひよこをからかってやろうと思い、棒で突っついたりしたのかもしれない。

初めは軽く、それでも歩き続けるひよこを見て、今度は強く突っついたのではないか。そうするうちに、ひよこは動かなくなり、朝堅はうろたえた。

ひよこは、死んだのかもしれない。

「ひよこを殺してしまった」

罪悪感で朝堅の胸ははち切れそうになった。どうしたらいいか分からずに途方に暮れていたら、ひよこは動き始め、起き上がり、今にも倒れそうになりながら、よちよちと歩いていった。

死んではいなかった。足を引きずりながら、どうにか歩いている。朝堅はほっとした。しかし、ひよこの足を傷めてしまった無謀な行為を恥じた。詫びを言いたくても、相手に伝わらない。

その後、再び叔母の家に遊びに行った際は、にわとりとひよこの群れを目にしたが、その中から足を引きずるひよこを見つけ、ほっとした。まだ頑張って生きている。足を引きずりながら、群れの中で動き回っているひよこを見て、朝堅はすまない気持ちと頑張って生きている逞《たくま》しさを感じた。

しばらく経ってから、朝堅は再び叔母の家へ遊びに行った。すぐに庭に出て、にわとりの群れの中に例のひよこを探したが、見当たらなかった。寂しさが込み上げてきた。自分がやった無謀ないたずらが原因で、きっとひよこは死んでしまったのだ。どうしてあんないたずらをしてしまったのか、朝堅は取り返しのつかないことをした自分を責め、帰り道は肩を落としてトボトボと力なく歩いた――。

これは、ひょっとしたらこういうことがあったのかもしれないという話である。パラスポーツを見る大方の人は、ハンデと闘いながら見事にスポーツに打ち込んでいる選手の姿に感動するが、朝堅にはそれができず、一挙手一投足を苦しみながら見ている。その遠因として、ひょっとしてこういうことが幼い頃にあったのではないかという臆測である。

今患っている病気と、幼少期の出来事との関係を解き明かすという、心理学を学んだ臨床心理士がいる。患者の病気の淵源を探し、そうすることによって病状を解きほぐすという。

朝堅はその臨床心理士に自分をさらけ出してみようと思っている。パラ競技を避けている自分を晒《さら》し、その症状が幼児体験から来るものなのかを調べてもらうのである。

もしそうならば、パラスポーツ観戦を避けてしまう現状から解放されるかもしれない。苦しみながら見ているものから、楽しんで観戦できるようになるかもしれない。

そういう専門医の治療で原因が分からなかったら、違うやり方を考えなければならないが、どういう方法があるか、探索を続けようとも思っている。

朝堅はこれまで、パラスポーツへのこだわりがなかったので、パラスポーツに対する寄付をしたことがなかった。また、寄付による慈善活動には積極的に参加していなかった。しかし、今度のパリ大会のパラリンピックはテレビでしっかり観戦しようと決めてからは、パラスポーツに対する寄付も少額ながらやろうと思った。パラ競技の窓口はいくつかあるが、その一つに寄付を少しでもするつもりである。

無に帰る

パラ競技への寄付をしたら、朝堅はもう一つ寄付をしようと考えている。それは世界の恒久平和を願う運動、核廃絶運動である。自分が近い将来、この世から去っていく時、この世界に何を望むかというと世界の恒久平和であり、そのためには核兵器を使用しての戦争は絶対に起こしてはならない。そう願って寄付をするつもりである。

次のパリ大会のパラリンピックをテレビでしっかり観戦しようと朝堅は意気込み、それに向かって日々の努力はしてはいる。これまではパラ競技がテレビで放映されると、別のチャンネルに変えていた。画面に映る選手たちの涙ぐましい奮闘を、苦しくて見続けることができなかった。思わず目をつむってしまうのだが、そんな時、朝堅は意識してありし日の妻の姿を脳裏に思い浮かべるのである。

ワシントンの夏は暑いので、朝堅夫婦はよく地下室で用事をした。そこには仏壇をしつらえ、片隅に机を置き、その上に亡き母の着物姿の写真を写真立てに入れて飾ってあった。亡き母の写真の裏側の左端には、父の琉歌が書いてあった。

「百合やあまくまに見ゆる花やしが
無蔵の命果てに褒めて咲ちゅる」
(百合はあちこちで見られる花だが
愛しいあなたの死去の時に褒めて咲いているよ)

その母の写真立てを、朝堅は妻と口論した際、床の上に投げ捨てて壊したのである。
妻との口論の発端は、沖縄からワシントンに来たいと書かれた父からの手紙だった。手紙には七月中旬から二週間くらいの日程を希望すると書かれていた。父は亡き妻が他界し、しばらく経ってから再婚した。子が一人でき、小学校の高学年になっていたが、夏休みに入るのが七月の中旬なので、その頃にワシントンに来たいということだった。

妻則子は時期をずらしてほしいと言った。勤務先の大使館の夏季休暇スケジュールはすでに決まっており、則子の休暇は八月に入ってからなので、動かせないという。そこをどうにかできないかと迫る朝堅に、則子も反論して口論になった。どうしても自分の意見を通そうとする妻に、朝堅は、

「母は、来るお客に対してはいつもにこやかに歓迎した」

と言いながら、目に入った母の写真立てを床の上に投げつけたのだ。

写真立ては床の上で粉々に砕けた。母の写真も破れ、ガラスの破片が床の上に飛び散った。写真立てを叩き割った後、朝堅は妻がどう出るか、しばらくは何も言わず見守った。途轍もない非道をしでかした夫に対し、非難の言葉があって当然で、朝堅は身構えた。

ところが、である。則子は何の言葉も発しなかった。粉々に砕け散った破片にじっと目を注ぎ、視線だけを動かしている。則子の神経は夫の馬鹿げた行動に腹を立てるより、粉々になった写真立てをどう修復するかに集中しているようだった。

妻の思わぬ冷静な行動に、朝堅はしたたかに打ちのめされた。かっとなってわけのわからぬ

蛮行に走ったおのれの浅はかさを思い知った。

朝堅は二階に上がり、父興尚に手紙を書いた。こちらは七月だと都合が悪いので、八月の終わりに来てくれないかと書いて送ったのである。

父親からは、それでいいからよろしくと言ってきた。そして八月、興尚の一行はワシントンにやって来て、旅行を楽しんだ。ワシントンの夏は厳しいので、興尚一行はよく地下で涼んだ。朝堅が叩き割った母の写真は地下の机の上に置いてあり、父は何遍もその写真を見たが、何も言わなかった。何か写真に異変を感じたら口にするはずなのに、何も言わなかった。それほど則子の写真の修復は見事だった。

パラスポーツをテレビで観戦し、息苦しくなって目をつむる時、朝堅は叩き割った亡き母の写真、そして粉々に飛び散った写真立ての破片をじっと見つめていた亡き妻の姿を思い出す。写真を修復する亡き妻の無心の目を思い起こす。そして、朝堅は再びテレビのパラスポーツの映像を見続ける。また、もう一つ意識してよく思い浮かべるのは、亡き母の思い出である。朝堅が幼い時、店によく来る物乞いの若い娘に、母はいつも何かをこしらえて、あげていた。娘はひと言のお礼も言わなかったが、母をじっと見つめていた。

そのシーンを朝堅は思い出すのだ。おにぎりを渡していた母のやさしさを思い出して、再び目を開け、テレビの映像に目を向ける。

朝堅はパラスポーツを苦しみながら観戦しているが、もう一つ苦手にしているのは、動物に関する番組である。中でも一番嫌いなのは猫の番組だ。猫ほどではないが、犬の番組も嫌いである。

動物の番組はすべてお手上げかというと、例外もある。「さわやか自然百景」という番組があるが、それは毎週見ている。日本各地の美しい自然の風景と共に、水中を泳ぐ魚や空を飛ぶ小鳥などが登場するが、日曜日の朝、朝食を食べながら見ている。

犬や猫、特に猫が大の苦手だが、パラスポーツを苦手としていることと関連があるのか、心理学を専門としている臨床心理士にこれも診てもらおうと朝堅は考えている。

癌を患い、手術で除去したが、抗癌剤の服用に身体が拒否反応を示している現状では、朝堅は長くは生きていけないと感じている。死が近づいている今、これまで避けてきたパラ競技観戦に取り組んでいるのは、善行を重ね、次に行くあの世で極楽往生をしたいという望みを持っているからではない。

朝堅は、自分の生と死をこう考えている。

父と母が愛し合い、その愛の行為で母は身籠もり、自分は生を享けた。完全な無から生が生じたのだ。そして、死んだら無に帰る。八十まで生き長らえたが、鈍行でこれまで生きてきて、死に至るまでもう少し遍歴が続いていく。

宗教心のない朝堅は、自分の生と死をそういうふうに考えている。ところが、亡き妻の人生観は、朝堅とは違っていたように思われる。それは亡き妻の死者に対する語りかけである。則子は、亡くなった父母、そして若くして他界した弟を供養するため、仏壇を日本から取り寄せていた。毎朝お茶湯を供え、撞木で鉦を叩きながら、大きな声で死者に向かって話しかけていた。

朝堅は則子が死者へ発する語りかけを廊下で聞いていたが、線香の煙が流れるくすんだ空間の中で、則子が霊界に入っているのを感じた。

そんな妻がアメリカで亡くなり、葬儀の時、遺灰は分骨してもらった。高野山の寺にはすでに則子の父母と弟が永代供養をしてもらっているので、その寺に則子の遺灰を持っていき、永代供養に加えてもらった。則子の命日は六月なので、それに合わせて朝堅は高野山に行くことにしている。

朝堅は命日の前日に寺で一泊し、翌朝の勤行の時、夫が命日のために来ていることを寺僧から則子に伝えてもらっている。

ある日、朝の勤行に行ってみると、いつもより大勢の人で賑わっていた。どこかの会社の団体が大勢で来ているようであった。

勤行が終わり、寺僧が来ている人々に話しかけた。どういう人がこの寺で永代供養を受けているかを語ったのである。それは、上杉謙信などの戦国武将、明治維新以後では三菱財閥を築いた岩崎弥太郎、それまでの不平等条約を改正した陸奥宗光……と寺僧が名前を次々に挙げるたびに、朝堅の胸は高鳴っていった。

朝堅が「なんと、この人までもか」と驚愕したのは、夏目漱石の名前が挙がった時である。これまでこの寺を幾度も訪れていたし、朝の勤行をした寺僧とは顔馴染みになって、何度も親しく話していた。それが今日の今日まで、夏目漱石らの著名人がこの寺で永代供養を受けていることを、朝堅は知らずにいたのである。

日頃からこの寺僧の人柄に朝堅は惹《ひ》かれていたが、有名人の永代供養をしているという誇り高き実績を軽々しく口にしない奥ゆかしさに、よりいっそう頭が下がる思いだった。

高野山を下山し、新幹線で熱海に帰った朝堅は、沖縄にいる弟妹に、

「則子は毎朝の勤行を夏目漱石と一緒に聞いているんだ」

と声高らかに話し始めた。弟妹も朝堅の報告に驚き、喜んでくれた。

確かに、亡き妻則子が著名人と一緒に永代供養を受けているのは誇らしいことである。則子は生前、朝は仏壇にお茶湯を供えて線香を立て、大きな声で亡き父母や弟に語りかけていた。あの世の存在を信じていた。だから、由緒ある寺で永代供養を受けているのは喜ばしいことだった。

ところが、熱狂的な事柄は日々熱が冷めていき、冷静な境地に引き戻されるものである。則子はあの世を信じているからいいだろうが、朝堅は信じていないので同行はできないと思った。朝堅が死んだら、遺骨は先祖代々の墓に入れられるだろう。則子が永代供養されている高野山の寺に、弟妹は朝堅も入れるかもしれない。

でも、朝堅は死後、妻と一緒にあの寺で永代供養をしてくれと弟妹には頼まないつもりでいる。その理由は、朝堅自身が死後の世界を信じていないからだ。

死後の世界がどうなっているか、体験した者はいない。しかし、想像だけならたくさんできる。人間はサルから進化していって現在に至るが、たかだか七、八百万年の流れの中である。

進化の中で、死後の世界はどういうものか、人類は想像を膨らませていった。実体験はないが、それゆえに想像は無限に膨らんでいく。あの時代によくぞ造り上げたというものがエジプトのピラミッドで、死後の世界の夢はあそこまで膨らんでいたのだ。

また、京都の寺院と仏像のすばらしさにも感動させられる。僧侶や仏師による死後の世界への想像の卓越が、ああいう秀逸な文化を生んでいったといえよう。

だからといって、朝堅は死後の世界の存在を信じてはいない。その点が亡き妻とは違う。あの世の存在を信じ、毎朝お茶湯を供え、撞木で鉦を叩き、線香の香りが漂う中で、大声で死者に向かって話しかけていた則子との違いを朝堅は感じている。

おそらく癌の末期症状の中で朝堅は死んでいくと思っている。死に至り、無になって、自分の一生は幕を閉じるが、それでいいと朝堅は考えている。

そして朝堅は、無は死んで初めてそうなるのではなく、生きている時にも、幾度もその状態を体験していると思っている。悪夢に魘《うな》されて目が覚める場合と、ぐっすり眠って起きる場合では、寝起きの快感が大分違う。熟睡した場合は無の状態であり、そう考えると人生において我々は無を何度も経験している。

我々が生きている時は、熟睡して無を経験しても、目が覚めると生き続けていくが、死んで無になる時は、そのまま永遠に無が続いていくのである。

朝堅は人生で無を幾度も経験しているが、心に強く残っている無は、アメリカで小さいながらも一軒家を初めて構えた直後に昼寝した時であった。

夏の昼下がり、昼食を終えて縁側に横たわり、そよ風を心地良く感じながら、いつしか眠っていた。目が覚めたら、コトコトと俎《まないた》の上で何かを刻む音がする。妻の姿がぼんやりと見える。朝堅はあの一瞬が夫婦間の最高の瞬間で、あの時の無のうたたねを理想のものとしている。自分の生が終わり、無に入っていく時、ああいう無の中に入っていきたいと願っている。

あの世の存在を信じない朝堅は、神についてどう考えているか。神の存在を信じているか、信じていないか。四六時中考えているわけではないが、何かにつけて頭を過《よぎ》り、そんな時は一人真剣に考えたりする。

ワシントンで私塾を営んでいた時、高校生の授業で、「神は存在するか」について生徒に意見を聞いてみた。生徒の意見は二手に分かれ、持論を述べた。

神を信じる生徒は、ビッグバンで宇宙が誕生し、その後はなるようにして宇宙は展開していったが、なるようにというのは緻密で科学的な法則に則って進んできたからで、その森羅万象の基になる法則を作っているのが神であると主張した。

百年前の世界と現在では、科学の恩恵でより進歩した社会になったが、百年後の社会は今よりもっと科学的に進歩した社会になっているだろう。進歩の根源は、神が考案した法則に則って発明、発見されるからである。

これに対して、神を信じない生徒の意見はこうである。宇宙の進化は森羅万象の法則によって展開されるが、その法則は誰かが作ったのではなく、厳然としてそこに存在するもので、それに則って進んでいくのだと唱える。

神を信じる生徒は、宇宙誕生の基となるビッグバンについては、何かを支えているバランスが崩れ、それによってビッグバンが生じたとする。とてつもなく大きな闇の中でバランスが崩れたか、そういうビッグバンを引き起こすという原因を作ったのも神である。また、途轍もない大きな闇の中では、他にも別の宇宙でビッグバンは起きており、この宇宙に住む我々が知らないだけだという。

それに対して神を信じない生徒は、ビッグバン自体、自然にそうなっただけであり、以後の宇宙の展開は自然界の法則に則って展開されているわけで、神のなす仕業ではないという。

生徒たちの討論が終わり、

「先生はどっちを信じますか」

という質問があった。朝堅は神の存在を信じているが、それは生徒には言わないほうがいいと思い、

「みんなが述べた意見がすばらしかったので、じっくり考えてみる」

と言って、生徒の真剣な討論を褒めるだけにとどめた。

例えば、万有引力である。地球よりも重量のある星々が天体には無数にある。それがどこかへ落ちていかないで、浮いている。まさに神業で、自然にそうなっているだけだと冷ややかにあしらうことはできないと考えるのである。

神がしろしめす宇宙の中で、自分は無の状態から、父母の愛の行為で生を授かり、寿命がきて無に戻る。朝堅はこれが人の一生だと思っている。

死が近づいた今、これからどう生きるかを考えた時、これまで朝堅はスポーツの観戦を楽しんだが、あまりにもエゴイスティックな態度で臨んでいたことに気づいた。パラスポーツには

見向きもしなかったのは、そんな身勝手な感情があったからだ。

今度のパリ大会のオリンピック・パラリンピックでは、これまで見向きもしなかったパラリンピックをしっかり観戦しようと決心している。それは自国の選手の応援というより、参加している選手全員への心からの応援になるのではないか。いや、そうなってほしい。

その実現のためにも、残り少ない人生をどう生きるか。

どうせ死んで無になるのだから、生きているうちは楽に過ごそうとは思わない。朝堅は今から苦しくてもパラスポーツをしっかり見るように、自分に鞭打ち、鍛えていこうと努力を始めている。

死が近づき、子や孫がいる老人なら、家族に看取られ、子孫の繁栄を祈り、至福の中で旅立っていく。だけど、朝堅には子がいない。独り身で無の世界に入っていく。

自分は無になり消えていくが、世界は存続していく。その世界の恒久平和を祈り、無に入っていこうと朝堅は念じている。

［参考文献］
・「総合教育技術」七月号増刊　昭和五十八年七月五日発行　小学館
・読売新聞社編「作文優秀作品集 全国小・中学校作文コンクール 第四十五回 小学校一～三年」平成八年三月二十五日発行　ぎょうせい
・海外子女教育振興財団「地球に学ぶ　第十回記念　海外子女文芸作品コンクール」一九九〇年一月九日発行
・海外子女教育振興財団「地球に学ぶ　第十四回　海外子女文芸作品コンクール」一九九三年十二月二十五日発行

著者略歴

真喜志 興亜（まきし・こうあ）

昭和十七（一九四二）年東京生まれ。明治大学法学部卒業後、琉球銀行入行。行員時代、沖縄テレビの番組「土曜スタジオ」司会者を兼任。

昭和四十五（一九七〇）年渡米、アメリカン大学大学院入学、国際関係論を専攻し、博士課程修了。その後、クレスタ銀行入行、勤務の傍ら、毎週火曜・木曜日の夜にワシントンで夫人とともに私塾を開き、海外子女を教える。

平成二十八（二〇一六）年、四十六年ぶりに日本に戻る。熱海在住。

著書に『朝日に匂う桜』（令和三年）、『橋　その他の短編』（令和二年）、『諸屯《しゅどぅん》』（平成三十一年、以上文藝春秋）、『真山の絵』（平成八年、講談社）。

無《む》から無《む》への遍歴《へんれき》

二〇二三年五月一六日　初版第一刷発行

著者　真喜志《まきし》　興亜《こうあ》

発行　株式会社文藝春秋企画出版部

発売　株式会社文藝春秋
〒一〇二―八〇〇八
東京都千代田区紀尾井町三―二三
電話〇三―三二八八―六九三五（直通）

印刷・製本　株式会社　フクイン

万一、落丁・乱丁の場合は、お手数ですが文藝春秋企画出版部宛にお送りください。送料当社負担でお取り替えいたします。
定価はカバーに表示してあります。

ISBN978-4-16-009048-4
Printed in Japan